# Ese príncipe que fui

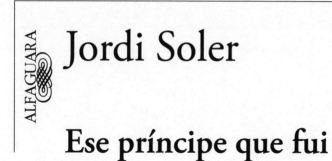

# Jordi Soler

# Ese príncipe que fui

**Ese príncipe que fui**

Primera edición: febrero de 2015

D. R. © 2015, Jordi Soler

D. R. © Diseño: Proyecto Enric Satué
D. R. © Imagen de cubierta: Gianluca Gambino

D. R. © 2015, derechos de edición mundiales en lengua castellana:
Santillana Ediciones Generales, S.A de C.V., una empresa de
Penguin Random House Grupo Editorial, S.A. de C.V.
Blvd. Miguel de Cervantes Saavedra núm. 301, 1er piso,
colonia Granada, delegación Miguel Hidalgo, C.P. 11520,
México, D.F.

www.megustaleer.com.mx

Comentarios sobre la edición y el contenido de este libro a:
megustaleer@penguinrandomhouse.com

ISBN 978-607-113-596-4

Impreso en México / *Printed in Mexico*

# Obertura

Era una mujer morena, menuda, nerviosa, loca, que iba andando de prisa con la mirada perdida. Arrastraba por el lodo los faldones de su gruesa capa roja. Llevaba los ojos extraviados, puestos en otra parte, en otra latitud, probablemente en el imperio de su padre, que se había quedado del otro lado del mar.

Que estaba loca lo sabemos por el cronista que la acompañaba, y también que a todos lados la seguía un nutrido séquito que trataba de evitar los charcos que ella pisaba, y de impedir que se golpeara en las paredes, o en un árbol o contra una piedra, o que se acercara demasiado al precipicio. Sabemos que no podían dejarla sola, que detrás llevaba siempre un viejo curandero, una dama de compañía y ese cronista que iba tomando nota como hago ahora yo, en mi papel de cronista del cronista.

También sabemos que la seguía una docena de hombres que estaban a su servicio, todos morenos y menudos como ella, todos tapados con mantas gruesas y toscos gorros de lana.

La mujer estaba loca y de pronto, animada por una energía súbita, maligna, se echaba a correr ladera abajo, con una urgencia torpe que le hacía pisarse continuamente los faldones de la capa y tropezarse y caer, rodar calle o ladera abajo y hacerse daño con las ramas o las piedras, con las puntas más expuestas del breñal.

Entonces la dama de compañía y el curandero salían corriendo tras ella para evitar que se lastimara, trataban de verla a través de la espesa niebla que no se iba nunca y que hacía difícil la persecución, porque tres pasos adelante todo era blanco, un blanco que se tragaba los árboles y las casas, la punta de la montaña, la empinada ladera y el abismo.

Dentro de la casa la situación era parecida. Esa mujer menuda y crispada caminaba de arriba abajo rumiando palabras, ideas, historias, visiones que le hacían pegarse contra las paredes, en los hombros, en las caderas, en la cabeza. Cuando la mujer comenzaba a rumiar y a golpearse, la dama de compañía y el curandero la sacaban a la intemperie, para que se despejara con la atmósfera helada que envolvía la montaña.

Pero a veces, lejos de despejarse, se conectaba con esa energía súbita, maligna, se echaba a correr ladera abajo, rumbo al precipicio, para arrojarse, para quitarse la vida, para matarse, para escapar de una vez por todas de ese reino que no era el suyo. Porque esa mujer morena, menuda, nerviosa, que iba andando o corriendo con la mirada perdida, era una princesa y ni el cronista, ni el curandero, ni la dama de compañía querían que se matara. La existencia de los tres dependía de ella, sin ella los tres hubieran tenido que matarse tirándose también al abismo. Y detrás de ellos esos hombres, cubiertos con gruesas mantas y toscos gorros de lana, que estaban a su servicio.

La princesa y los suyos parecían una tribu llegada de otro planeta, que era observada en silen-

cio por los cincuenta y tres habitantes que tenía Toloríu. Era un extravagante grupo de criaturas, vesti-
das de forma extraña, que hablaban en una lengua
inexpugnable. Un elenco de extranjeros que en ese
año de 1520 había llegado de ultramar, encabezado
por esa mujer menuda, nerviosa, que llevaba los ojos
extraviados, puestos en otra latitud, seguramente en
el imperio de su padre, Moctezuma II, que se había
quedado del otro lado del mar.

# Minué

El capitán don Juan de Grau, barón de Toloríu, desembarcó en Veracruz en 1519. Antes había pasado dos años en Cuba tratando de hacer fortuna. Llamado por las historias de oro a raudales que
se contaban entonces, había dejado su castillo y sus
posesiones en el Pirineo español y, como era rico y
pertenecía a la nobleza, había logrado insertarse fácilmente en el círculo de los capitanes que empezaban a vislumbrar la conquista.

Juan de Grau no había cruzado el mar por la
ambición de expandir el imperio español que movía a los capitanes, él estaba ahí llamado exclusivamente por el oro. Es importante establecerlo desde
ahora para que después puedan entenderse su manera de actuar, su desapego a la soldadesca y a la esca-
ramuza, su parasitario desempeño y su desdichada
huida. No quiero decir con esto que a los soldados
no les interesara el oro, diré mejor que para ellos el
oro era el complemento de la gloria, el botín de guerra, eran hombres de «sangre en el ojo», como apun-
taría Bernal Díaz del Castillo.

Cuando el capitán Cortés se embarcó rumbo al continente, Juan de Grau, decepcionado por
no dar con ese oro a raudales, partió con él. No voy
a contar aquí las calamidades de aquel viaje que
terminó en la Villa Rica de la Vera Cruz, ni el es-

fuerzo, desmesurado y hoy francamente inconcebible, que tuvieron que desplegar Cortés y sus soldados para llegar a la Ciudad de México, frente al emperador Moctezuma II. No voy a hacerlo porque ya está escrito, porque esa historia lleva siglos siendo la versión definitiva, y porque yo aquí estoy intentando contar la historia del barón don Juan de Grau, una historia nunca antes contada cuyos tentáculos llegan hasta el siglo XXI.

Da vértigo pensar que cada movimiento que hacía el barón de Grau en aquella aventura, en 1519, estaba ya conectado con lo que pasaría en Barcelona en los años sesenta del siglo XX, y en México ya entrado este milenio. Pero no adelantemos vísperas.

He dicho que no voy a contar aquí las calamidades de aquel viaje; sin embargo, tengo que detenerme brevemente en «los papas», esos ocho personajes que salen al encuentro de los soldados españoles como consigna, con todo detalle, Díaz del Castillo. La imagen brutal de los papas acompañaría al barón de Grau el resto de su vida, y, además de quitarle el sueño, le orillaría a sobredimensionar, en el futuro, ciertos acontecimientos. Los papas vestían una especie de sotana, llevaban el cabello muy largo, algunos hasta la cintura y otros todavía más abajo. Tenían los pies llenos de sangre seca, de sangre en costras, de sangre que llevaba días apelmazada, y también tenían tajos en las orejas, y olían a azufre y a carne muerta. Eran célibes y todos descendían de familias nobles. La imagen de aquellos papas asaltaría al barón de Grau en España, en sus propios dominios, cada vez que las circunstancias lo obligaran a tratar con el curandero, el hechicero al que llevaría en su séquito Xipaguazin, su futura mujer.

Todos se quedaron asombrados cuando pudieron distinguir, a lo lejos, en el centro del valle, la gran Tenochtitlan, esa extraña ciudad construida en una laguna, articulada con edificios de rara geometría y canales por donde corría el agua y transitaban las barcas, y un sistema de puentes que servían para entrar a la ciudad, o para levantarlos y aislarse y protegerse de los pueblos hostiles. A medida que se acercaban, los españoles comenzaron a ver pulular aves y fieras exóticas, y frutas y flores de un colorido inverosímil, y a percibir olores, perfumes, fragancias que hacían resoplar a los caballos. «Ver cosas nunca oídas, ni aun soñadas, como veíamos», anotó Díaz del Castillo desde el asombro, desde el azoro, y más adelante escribió unas retahílas, unas ráfagas de los productos que se vendían en el mercado, que yo transcribo como quien da unas cuantas pinceladas para fijar el color, la textura, el espectro de los ornamentos y de lo que viste y come un pueblo:

«Oro y plata y piedras ricas y plumas y mantas y cosas labradas.»

«Y ropa basta y algodón y cosas de hilo torcido y cacahuateros que vendían cacao.»

«Y los que vendían mantas de henequén y sogas y cotaras, que son los zapatos que calzan y hacen del mismo árbol, y raíces muy dulces cocidas y otras rebusterías.»

«Y cueros de tigres, de leones y de nutrias, y de adives y de venados y de otras alimañas, tejones y gatos monteses.»

«Gallinas, gallos de papada, conejos, liebres, venados y anadones y perrillos.»

A los soldados españoles les impresionó sobre todo, según registra otro cronista (el de la princesa Xipaguazin), «la suntuosidad del emperador Moctezuma y lo distinta que era la gente en esa parte del mundo». No queda claro de dónde sacó el cronista de Xipaguazin esta idea, pues él ni vio entrar a los españoles a la ciudad, ni tuvo contacto con ellos hasta semanas más tarde. Probablemente se trata de algo que él concluyó, tiempo después, en Toloríu, cuando tuvo oportunidad de experimentar la extranjería, esa tensión permanente del que es distinto en la tierra del otro. Tampoco queda claro o, más bien, nada se sabe de lo que hizo don Juan de Grau en la corte del emperador azteca, ni se sabe exactamente qué jerarquía tenía en el organigrama del ejército de Cortés, ni tampoco se sabe de qué forma entró en contacto con la princesa Xipaguazin, que debía ser una niña que correteaba por los jardines de palacio, y que un día se topó con ese monstruo, con esa criatura desmesuradamente alta que era mitad hombre y mitad esa bestia que muy pronto identificaría como caballo, un animal separado de ese hombre al que muy pronto identificaría como su hombre.

La princesa Xipaguazin no jugaba sola en los jardines cuando la vio por primera vez el barón de Toloríu; el emperador Moctezuma tuvo diecinueve hijos con diversas mujeres y esto generaba un considerable microcosmos doméstico. La princesa debe haber estado con sus hermanas cuando la descubrió el barón, o con ese hermano suyo que acabó yéndose a Europa con ella, y además debía estar escrupulosamente vigilada, protegida y escoltada por su madre, por su preceptora, por su ayuda de cámara y por algún oficial del emperador. No queda claro cómo, en estas condiciones, el barón don Juan de Grau, que era un hombre ya mayor, pudo entrar en contacto con esa niña, y mucho menos cómo consiguió que la relación prosperara y que ella accediera a irse con él a sus lejanas posesiones en España. Lo más seguro es que ahí operara la relación de fuerzas que se había establecido entre conquistadores y conquistados en los dominios del emperador Moctezuma; que la niña no hubiera accedido a irse con don Juan de Grau, y que su padre el emperador tampoco hubiera dado su permiso, ni su beneplácito, ni su visto bueno, o quizá sí, y efectivamente había cedido a su hija, la princesa, como un gesto de buena voluntad, como un rasgo de su condición de emperador, es decir de político, o sea de un hombre habituado a tomar decisiones sin tocarse el corazón. Aunque también puede ser que, por esa misma relación de fuerzas, el barón de Toloríu haya entrado a saco a los jardines, haya arrebatado a la niña de las manos de su madre, de su preceptora, de su ayuda de cámara o del oficial del emperador, y la haya subido a la grupa de su caballo para largarse inmediatamente y al galope de ahí.

La verdad es que para la historia que estoy contando aquí, importa poco de qué forma llegó Xipaguazin a los brazos de don Juan de Grau, y en todo caso sería más importante saber cómo es que la princesa llegó a Toloríu, a la punta del Pirineo catalán, con una parte del tesoro de su padre.

El tesoro con el que viajaba la princesa nos sitúa en la hipótesis anterior a la del secuestro, en la del Moctezuma político que para congraciarse con los conquistadores hace obsequios desmesurados, regala a su propia hija, y además la da con una dote y con un séquito imperial para que la acompañe, y la proteja y la conforte en aquel lejano destino al que se la llevará su marido. Se sabe que dentro de ese séquito iba, ya lo he dicho, uno de los hijos de Moctezuma, el hermano predilecto de Xipaguazin, lo cual debilita todavía más la hipótesis del secuestro, si no es que al final fue un secuestro negociado, un secuestro tolerado, políticamente matizado.

Tampoco se sabe cuánto tiempo pasó entre el inicio de la relación de Xipaguazin y Juan de Grau, si es que la hubo, y el momento de su partida a España. Ese lapso es una zona brumosa, más bien ciega, del que puede inferirse algo a partir de cosas que fueron pasando después, ya en Toloríu. Por otra parte, el lapso no debe haber sido muy largo, todo tuvo que suceder antes de la muerte de Moctezuma, antes incluso de que se envenenara el ambiente y comenzaran las batallas, apenas los meses suficientes para que el cocinero y el jardinero que iban a acompañar a la princesa en su viaje organizaran el material, las bayas y las semillas, los granos, los brotes que iban a llevarse para reproducir, en aquel lejano país, la gastronomía a la que estaba acostumbrada. No sabían, por supuesto —¿cómo podían saberlo si nunca habían salido de Tenochtitlan?—, que las bayas y las semillas y los granos y los brotes no iban a darse en la cumbre del Pirineo, ni que el huerto que con tanta ilusión, y ateridos de frío, iban a cultivar sería un huerto estéril, un huerto huero, un huerto muerto. El lapso, como digo, no debe haber sido muy largo, pero sí lo suficiente para que la princesa Xipaguazin se quedara prendada de los caballos, esos animales que no había visto nunca en su vida y por los que desarrolló una pasión, quizá hasta una patología, que acabó teniendo un sitio específico en los arranques de locura que iban a darle en Toloríu. El lapso no debe haber sido muy largo, pero sí lo suficiente para que don Juan de Grau le cambiara el nombre de Xipaguazin por el de María, que era mucho más fácil de pronunciar para él, y para la gente que lo esperaba en su pueblo. Xipaguazin aceptó la imposición de su nombre sin tomar en cuenta, seguramente porque era una niña, que los nombres terminan conformando a las personas y que quien deja escapar su nombre también abraza otro destino. Quién sabe si todo lo que le pasó a Xipaguazin después de abandonar su nombre no se debió al María, a esa cifra con la que su marido la renombró, para mejor apoderarse de ella.

No está de más establecer a esta altura de la historia que, cuatrocientos cincuenta años más tarde, en la década de los sesenta del siglo xx, su último y legítimo heredero, Su Alteza Imperial Príncipe Federico de Grau Moctezuma, mandó grabar una placa de metal donde dice, con todas sus letras, «Princesa Xipaguazin», no «María». Grabar su nombre original en una placa metálica era una forma de devolver a la memoria de la princesa lo que el barón le había quitado en su tiempo; poco más podía hacer su heredero por la memoria de aquella pobre mujer que empezó perdiendo el nombre y terminó perdiendo la cordura.

Tampoco se sabe cuáles eran las actividades del barón y la princesa en Tenochtitlan, ni en qué consistía su cotidianidad, pero es probable que don Juan de Grau no haya tenido, en esa temporada, sexo con la hija del emperador, puesto que tuvieron un solo hijo ya en Toloríu. Quizá esto ya sea mucho especular, aunque también es cierto que abre la hipótesis de que la relación del barón con la princesa no tuvo un principio violento, no hubo rapto, no hubo arrebato, sino un genuino gusto de uno por el otro que obligó a don Juan de Grau, que normalmente debía tener un perfil salvaje, a guardar las formas que le exigía su novia la princesa: de momento no habrá sexo, habrá sexo cuando yo esté preparada, habrá sexo cuando sea un poco mayor; ese poder inconmensurable que tienen las mujeres sobre su hombre, ese poder de la que sabe que el sexo es código y resistencia, código y pertenencia, código y territorialidad. Y quizá en toda esta lucubración que voy haciendo sobre esa zona brumosa de la historia de la princesa Xipaguazin y el barón de Toloríu hay demasiado prejuicio, demasiada ilustración de enciclopedia, de esas que nos muestran a un soldado de Cortés poniéndole la bota en el cuello a un noble azteca. A lo mejor en esto que voy coligiendo hay mucho cliché, mucha simplificación, mucho lugar común, y lo que de verdad pasó ahí fue que Xipaguazin y Juan se gustaban, eran una pareja más o menos normal, como habría después miles y miles que acabarían formando un nuevo país mestizo. En fin, da igual, quizá tuvieron un solo hijo por otra razón, a lo mejor la princesa no era muy fértil, o don Juan no muy potente, o los dos no muy sexuales, o también es probable que se tratara de una estricta cuestión de linaje, que el barón quisiera elevar la cuna de su heredero, que sería hijo de una princesa y nieto de un emperador, y para eso bastaba una sola criatura. Se sabe en realidad muy poco de aquel episodio, tan poco como del que vendría después, aquel viaje que hizo de regreso el barón de Toloríu con su mujer, un viaje que debió tener sus accidentes y que culminaría en la Villa Rica de la Vera Cruz, donde se embarcarían rumbo a España.

Lo que sí se sabe es que el paso de la hija de Moctezuma en su ruta hacia el mar fue despertando todo tipo de pasiones, y se sabe gracias a dos obras pictóricas que narran el suceso. En una pequeña iglesia de Huejotzingo, en el estado de Puebla, hay una pintura del siglo XIX que plasma lo que se contaba en ese pueblo desde el siglo XVI sobre la tumultuosa aparición de la hija del emperador, que empezaba con un tropel de soldados españoles, algunos montados a caballo y otros andando con sus pesadas armaduras, seguidos por el séquito de la princesa, y detrás más soldados y al final un hombre adusto, de barba y porte nobles, que es don Juan de Grau sin duda alguna. En esa pintura, la gente de Huejotzingo mira asombrada el paso del convoy imperial; todos sabían de la existencia de Moctezuma y de la llegada de los soldados españoles, pero probablemente nadie había visto nunca ya no digamos al emperador, sino ninguna manifestación física de su existencia. Esa parte del cuadro, la zona en que la gente admira a los soldados españoles, esos seres que bien hubieran podido provenir del espacio exterior, está contrapesada con la de la gente que admira el séquito de la princesa, esa mujer a la que en ningún momento se ve porque viaja dentro de una litera, con las cortinas echadas, llevada por cuatro de sus hombres. El contraste entre los soldados españoles y los indígenas que conforman el séquito es la viva imagen de lo que fue aquel encuentro; unos van vestidos con armadura y otros con taparrabos, unos son altos y otros bajitos, unos llevan arcabuces y otros lanzas; sin embargo el pintor, un tal Carlos Huetzemani, se las arregló para que el poder de la pintura emanara de la parte indígena como, por otra parte, debió ser, porque lo más importante de aquel convoy, la parte fundamental, la joya, era la hija del emperador.

La princesa no puede verse en la pintura de Huejotzingo; el artista optó por que el poder emanara de su ausencia, del sitio adonde se sabe que va, aunque no pueda verse. De manera no se sabe si voluntaria, Huetzemani plantea el poder como un aura intangible, invisible, que es capaz de afectar todo el entorno, a todo el pueblo de Huejotzingo, con nada más que el presentimiento de su presencia.

La princesa no se ve en el cuadro de Huejotzingo, pero sí puede verse en una pintura mural que hizo un ayudante aventajado de Diego Rivera y que permanece hasta hoy en una de las paredes del Palacio Municipal de Motzorongo, en Veracruz. El pintor se llamaba —murió en 1999— Marco Tulio de la Concha, o solo De la Concha, como era conocido por la firma que ponía en la esquina superior izquierda de sus obras. De la Concha era un joven provinciano que llegó al D. F. en 1929 a buscarse la vida, y luego de dar los tumbos habituales de un oficio a otro, terminó estudiando pintura en la academia que unos años más tarde se llamaría La Esmeralda. Ahí, poco a poco, y gracias a su notable talento, fue ganándose un sitio en la estima de sus maestros. Un día Diego Rivera, que era amigo de Filemón Rivadeneyra, el director de la academia, pidió que le recomendaran a un alumno para que le sirviera de asistente. Rivera estaba entonces proyectando una serie de murales que pintaría en el Palacio Nacional y necesitaba un ayudante diestro, y así fue como Rivadeneyra recomendó a De la Concha, que era el mejor de sus alumnos.

Quince días más tarde ya estaba el pintor de Motzorongo subido en un andamio, codo a codo con el maestro. A partir de entonces De la Concha puso su talento al servicio de Rivera, colaboró con él en la confección de varias obras monumentales y paulatinamente fue juntando un resentimiento producto del poco crédito que le daba el maestro a la hora de hablar de sus obras. Es verdad que ni Diego Rivera ni sus biógrafos mencionan nunca la participación de De la Concha en sus murales, como también es cierto que el maestro pagaba escrupulosamente y con puntualidad los servicios de su ayudante. Alguna vez que De la Concha le había reclamado un mínimo de crédito, Rivera había zanjado el tema argumentando que se trataba de una relación estrictamente laboral, de una transacción entre patrón y empleado, y no de una colaboración artística.

La relación terminó de derrumbarse en 1933, cuando pintaban el mural del Rockefeller Center, en Nueva York. Habían llegado a aquella ciudad bastante distanciados, ya sin más contacto que el estrictamente profesional, o sea el que tenían codo a codo arriba del andamio. Mientras Diego Rivera se daba con Frida Kahlo la gran vida en Manhattan, yendo de bar en bar y de casa en casa con toda la sociedad artística de la época, De la Concha se dejaba devorar por el reconcomio en un cuartito que alquilaba en Harlem a una pareja de viejecitos dominicanos. La aventura de aquel mural terminó de manera abrupta y el pintor De la Concha regresó a Motzorongo con dinero suficiente para vivir varias décadas sin dar golpe. En aquellos años de ociosidad en el trópico, De la Concha pintó lienzos y trazó un montón de dibujos a lápiz no muy buenos pero que, combinados con la celebridad que le daba el haber trabajado con el gran pintor mexicano, alcanzaron para darle sentido a su existencia. Aunque todos coinciden en que nunca abandonó del todo la amargura que le produjo, hasta el mismo final de sus días, el ninguneo de Diego Rivera.

La amargura se fue agudizando con los años y para soportarla De la Concha, que hasta entonces había sido un hombre riguroso y contenido, comenzó a beber con una fruición desconcertante. Las últimas décadas de su vida las invirtió en ingerir todo lo que no se había bebido, y en hacer papelones por las cantinas y las calles de Motzorongo, papelones de borracho que invariablemente terminaban con la cantaleta de que él, y no el malagradecido de Diego

Rivera, era el autor de los murales del Palacio Nacional y del que se había malogrado en el Rockefeller Center y que después Rivera, sin decirle ni una palabra, había reproducido en México. En esa época oscura, llena de delirios de grandeza y profundas alucinaciones etílicas, fue que De la Concha pintó *El secuestro de la hija de Moctezuma,* ese mural que se conserva en una pared del Palacio Municipal de Motzorongo. La obra alude, naturalmente, al viaje de Xipaguazin hacia el barco que la llevaría a España. He contado, brevemente, la vida y las miserias de De la Concha porque me parece fundamental conocer el contexto en que fue creada esta evidencia del paso por Motzorongo de la hija del emperador, y además porque, como se verá más adelante, Su Alteza Imperial Príncipe Federico de Grau Moctezuma, el último heredero de Xipaguazin, el vástago con el que se extinguiría su atormentado linaje, tuvo una notoria y muy sonada relación con el pintor.

Don Feliciano Rey, cronista de Motzorongo, cuenta que De la Concha no hizo más que traducir en imágenes lo que se cuenta en el pueblo desde el siglo XVI, es decir, que se trata de una pintura basada estrictamente en la tradición oral. Pero la tradición oral, como se sabe, es maleable y cambiante, va deformándose, adaptándose con el paso de los años, y si a esto le sumamos la imaginería alcohólica que debe haber derrochado De la Concha en aquel periodo, nos encontramos frente a una interpretación sumamente personal y algo distorsionada de lo que en realidad pasó. A pesar de todo esto, *El secuestro de la hija de Moctezuma* añade elementos útiles a la historia que estoy tratando de reconstruir. En el centro de la pintura mural está la princesa Xipaguazin; es de noche y se la ve sentada frente a una fogata, va vestida de blanco y tiene las manos atadas a la espalda, con una cuerda de trazo y volumen hiperrealistas; se ve que el artista tenía la intención de resaltar el hecho, de sobredimensionarlo, de obligar al espectador a preguntarse ¿qué hace esta mujer tan frágil y tan bella atada de esa forma? En el cuadrante izquierdo puede verse a unos soldados españoles departiendo, con unas copas de hierro en la mano; sobre una piedra descansa un porrón de vino casi vacío. Frente a la princesa, alumbrado por el fuego, se encuentra un hombre barbado y pensativo que es, sin duda, don Juan de Grau. El hombre mira a la princesa mientras juguetea, o eso parece, con su copa metálica entre las manos. En el cuadrante derecho está el séquito de la princesa, una multitud de personajes indígenas entre los que destaca una especie de chamán o hechicero, que es seguramente el curandero de Xipaguazin, que mira, con un odio y una rabia que ponen la piel de gallina, al barón de Toloríu. Las miradas de todo el séquito se dirigen al hechicero y la mirada de este, a don Juan de Grau; da la impresión de que, guiados por el hechicero, conspiran para atentar contra el barón. Llama la atención que ninguno de los miembros del séquito está atado, quizá por la evidente superioridad de los soldados españoles, que pueden acabar con un motín de un solo tiro de arcabuz. ¿Por qué está atada la princesa? ¿Hizo en el camino algo que molestó al barón? ¿Temía que se escapara? Quizá atarle las manos a la espalda fue la manera que encontró De la Concha de ilustrar el secuestro.

No puede pasarse por alto, al contemplar este mural, el gran talento de De la Concha, que logró plasmar, a partir de los ojos y las miradas de sus personajes, el entramado psicológico que sostiene el episodio histórico.

A pesar de los detalles confusos y de las licencias que debe haberse tomado el pintor, puede inferirse que había tensión entre el barón y la princesa, que la princesa iba en contra de su voluntad y, sobre todo, que los miembros del séquito estaban en desacuerdo con el viaje, y seguramente con la relación que lo había originado. No se sabe si fue la exactitud de la narración oral, o una premonición que tuvo el artista, pero el caso es que, tomando en cuenta lo que pasaría años más tarde en la corte de Toloríu, la mirada del barón sobre la princesa y la del hechicero sobre el barón están cargadas de sentido.

Un día regresó a Toloríu el barón don Juan de Grau. Aunque su ausencia no había sido demasiado larga, hubo quien ya lo había dado por muerto, o por desaparecido, o quien lo había imaginado haciendo fortuna, fundando una familia, perpetuando su estirpe al otro lado del mar, como era normal que les pasara a esos soldados que se iban a la aventura. Los vecinos lo vieron desde muy lejos y tuvieron tiempo de pensar muchas cosas. Durante más de tres horas contemplaron el lento ascenso de aquella numerosa caravana, que les parecía demasiado grande, pues el barón había salido de Toloríu con unos cuantos hombres y lo que ascendía penosamente por la empinada ladera de la montaña parecía un pueblo completo. Pero si no era el barón, ¿a quién más podía interesarle subir hasta esas alturas? A medida que la caravana se acercaba vieron que a la cabeza iba, efectivamente, con su porte magnífico de siempre, don Juan de Grau, y que detrás, escoltados por una docena de soldados a caballo, iba a pie una tropa de personas morenas y bajitas que se cubrían del frío con gruesas mantas y toscos gorros de lana, y que se arremolinaban alrededor de una mujer, también morena y pequeñita, que montaba un caballo con vistosa displicencia.

Algo había pasado durante el viaje, a bordo del barco, algo que he podido colegir a partir de un documento legal y de un breve apunte que hizo el cronista de Xipaguazin, algo que he reconstruido a partir del final, de su resultado, como quien traza una línea de un punto a otro y descubre una ruta, un argumento. La princesa, seguramente porque en alta mar no existía la posibilidad de que se fugara, fue liberada de esas cuerdas que le apretaban las muñecas, y que con tanta maestría pintó De la Concha en el mural de Motzorongo, y esa libertad la utilizó para aprender no propiamente a montar, cosa impensable a bordo del barco, sino a estar encima de un caballo. Parece que en las jornadas interminables en alta mar, la princesa sufrió severos ataques de ansiedad y de terror, y que cuando no le daba por correr como si se le hubiera metido el demonio, se quedaba postrada, sudorosa y acezante en un extremo de la crujía, y la única forma que habían encontrado para mantenerla en sus cabales había sido poniéndola cerca de un caballo, arrimándole un animal específico que pertenecía a uno de los soldados del barón de Toloríu.

Según se entiende en una línea que apuntó el cronista, los caballos, que a él seguían pareciéndole criaturas extrañas, tienen la virtud de «absorber la parte maligna del alma de las personas». Se trata de un apunte hecho ante la evidencia de que la princesa mejoraba al acercarse al caballo y él concluye eso, aunque quizá lo normal sería pensar que la princesa se sentía bien, quizá protegida, por el caballo, independientemente de las virtudes absorbentes que el cronista, dándole vuelo a su pensamiento mágico, quisiera ponerle al animal.

Sabemos que aquel fue un viaje tempestuoso, que el barco fue zarandeado de arriba abajo, de día y de noche, por una mar furibunda, que las olas altísimas brincaban la barandilla de cubierta y entraban en tropel, se derramaban por las escaleras y abrían de golpe las puertas de los camarotes y manchaban alfombras y tapices de una espuma color marrón que, cuando se retiraba, dejaba todo embarrado de un lodillo putrefacto, que era la mezcla del agua de las letrinas, los desechos de la cocina, el estiércol de los caballos, y de toda esa materia que arrastraba el agua a su paso y que, en cuanto se secaba, despedía un olor nauseabundo.

Puede fácilmente imaginarse lo que debió ser aquello para la princesa y su séquito, para esa gente de tierra firme que conocía el agua como un elemento apacible que a veces formaba un lago, y a veces un río, y que corría plácidamente por las acequias de Tenochtitlan. Aquel furibundo vaivén tenía aterrorizados a los mexicanos, que permanecían mudos, inmóviles, apeñuscados alrededor de la princesa, en un extremo de la crujía, hasta que ella, de manera inopinada y súbita, loca de pánico y de desesperación, salía corriendo por los pasillos del barco y subía a cubierta, perseguida por el hechicero y la dama de compañía, o por Juan de Grau y por alguno de sus soldados, que trataban de contenerla para que no se hiciera daño. Pero aquellos ataques de pánico, aquella huida descontrolada por los intestinos del barco, terminaron en cuanto se topó con Canelo, ese caballo con el que sintió una inmediata empatía y que, por algún motivo, por el que he sugerido yo o por el que apunta el cronista, logró quitarle el terror y la ansiedad. A partir de aquel momento la princesa dejó su extremo en la crujía y sus escapadas demenciales y se mudó al establo, y entonces, durante los días que faltaban para llegar al puerto, a la princesa se la vio tranquila, a pesar de que el mar seguía igual de furibundo.

Sabemos que la princesa no volvió a separarse de Canelo y que con frecuencia se montaba, recostada sobre la crin para no pegarse con un bao en la cabeza, encima de esa criatura que poseía el extraño don de tranquilizarla. También sabemos que su séquito la contemplaba, montada en medio de aquel vaivén, «como si fuera una estrella fugaz». Con esta imagen desmedida describe el cronista ese momento, que es parte de ese texto, mitad crónica, mitad poema, del que voy echando mano, que se editó en Estados Unidos en los años cincuenta y que yo busqué durante meses hasta que di con él en Amazon, a un precio prohibitivo que, luego de mucha reflexión, acabé pagando. El autor del libro, o sea nuestro cronista, se llamaba Acamapiztli, y el título es *Xipaguazin,* a secas, aunque la traductora (del náhuatl al inglés, Jennifer S. González), o probablemente el editor, añadió un subtítulo orientativo: *Moctezuma's daughter incredible journey* (Episcopal University of Texas Press, 1952).

El archivo de la parroquia de Toloríu salió a relucir desde el primer día que visité a Su Alteza Imperial Príncipe Federico de Grau Moctezuma, el último descendiente de la princesa Xipaguazin. Hice el viaje de Barcelona a México, donde entonces vivía Su Alteza por circunstancias que ya iré explicando, y luego recorrí en coche los 333 kilómetros que había del D. F. hasta su desvencijada casita en Motzorongo, Veracruz. Su Alteza terminó recalando ahí luego de un accidentado periplo, después de haber sido, durante casi tres lustros, el soltero más codiciado de España y una de las más destacadas figuras de la nobleza franquista. Una vez que el príncipe se hubo convencido de que yo era un periodista que pretendía hacer una pieza sobre su excéntrico linaje, y no un policía, ni un inspector de Hacienda que quería echarle el guante, le pidió a Crispín, su factótum, un viejo morenazo andaluz que ostentaba una librea con la letra M, de Moctezuma, que le llevara «inmediatamente la memoria de la familia», así lo dijo, pasándose cariñosamente la palma de la mano por el muslo derecho mientras esbozaba una sonrisa coqueta que apareció debajo de su gran mostacho de mosquetero. El bigote hacía juego con su melena blanca, muy bien repeinada con agua, que por detrás se alborotaba en un inquietante resplandor, en un aura que hacía pensar en un sol que hubiera visto ya pasar sus mejores días, un sol mustio y al borde del gran apagón. Estaba sentado en un sillón rojo de gran respaldo con orejas y unos gruesos reposabrazos que terminaban en dos robustas cabezas de león burdamente labradas, con unas mandíbulas muy abiertas, donde se acumulaban varios años de polvo oscuro, y esas bocas tan abiertas, más que sugerir a un felino en la plenitud de su rugido, recordaban la carcajada exagerada de un payaso. Era un mueble que sin duda tenía aires de realeza, parecía el trono de un rey de cuento, y su rojo intenso contrastaba violentamente con la pobreza de la casita, con el suelo de tierra, con la cocina llena de cacharros que exhibían una sucia desnudez y con la habitación, cuyo bárbaro desorden me hizo pensar en una vaca abierta en canal. Un tozudo nubarrón de moscas, que iba y venía como animado por una corriente magnética, distraía nuestra incipiente conversación. Su Alteza Imperial era un hombre de más de setenta años y en esa ocasión, la primera vez que nos encontramos, iba vestido con un traje blanco, que en su época debió ser un atuendo deslumbrante, un gazné color granate, todavía más rojo que el sillón, y unos Adidas negros que, según me explicó ahí mismo, eran los únicos zapatos que podía utilizar a causa de los ojos de pescado que le torturaban los pies. Había aceptado conversar conmigo porque, ya lo he dicho, me había presentado como periodista, pero sobre todo porque yo venía de Barcelona, la ciudad donde él había nacido, y de la que había tenido que salir huyendo en 1972, y Su Alteza Imperial pensaba, lo sé porque en más de una ocasión, ya que me tenía confianza, me lo hizo saber, que la historia que pretendía escribir sobre él serviría para reivindicar su nombre y su figura en esa ciudad donde había sido «grande entre los grandes», dijo con mucho ímpetu, al tiempo que dejaba caer las dos manos sobre las burdas melenas de los leones.

Aquel día el príncipe se había limitado a presentarme la «memoria de la familia», que en realidad era la memoria de su antepasada, la princesa Xipaguazin. Me contó que a principios de los años sesenta, cuando ya se acercaba a la cúspide de su fama y celebridad, y estaba en los salones y en la boca de las familias más distinguidas de España, se le había acercado un facineroso en un rumboso coctel para ofrecerle el archivo de la familia Grau Moctezuma, que había sido robado de la iglesia de Toloríu en 1936 y que aquel gandul tenía por alguna extraña razón, «quizá porque él mismo lo había robado», apuntó Su Alteza con una media sonrisa que apenas se notó debajo de la espesa pelambre del bigote. El príncipe, que en aquellos años vivía en el palacete de los Grau en Barcelona, había encontrado en ese archivo los elementos, la coartada que necesitaba para emprender el negocio que lo confirmó como una celebridad y que, con el tiempo, lo llevaría al exilio y a la ruina.

Ante la mirada de profunda reprobación de Crispín, ese morenazo andaluz que ejercía de su factótum, Su Alteza se puso a husmear en la memoria de la familia, que era un montón de documentos antiquísimos, hojas gruesas de diversos formatos, texturas y tamaños que guardaba en un recipiente de plástico, una especie de *tupperware* verdoso que se había colocado sobre los muslos con una diligencia teatral. Luego de mucho husmear, con la ayuda de unas estilizadas gafitas que le daban un aspecto gatuno, sacó un documento y sosteniéndolo en el aire me dijo muy orondo, casi desafiante, que la princesa Xipaguazin, su ilustre ancestro, había sido la primera persona mexicana que había montado a caballo, y luego me mostró la hoja donde, con una primorosa caligrafía de la época, se registraba el contrato de compraventa de un caballo, de nombre Canelo y tales y cuales características, suscrito en Toloríu, en el año de 1520, por el barón don Juan de Grau y el capitán Bernal de Quintanilla.

Mi historia con el príncipe empezó a partir de un artículo de periódico que hablaba de la princesa Xipaguazin, de su penosa vida en Toloríu, en el Pirineo catalán, y de esa estrambótica cadena de descendientes que terminaba, según decía el artículo, en Su Alteza Imperial Príncipe Federico de Grau Moctezuma. Lo que más me interesó de aquella historia que, de acuerdo con la opinión de los vecinos de Toloríu, está escrita con grosera ligereza fue el dato de que la princesa Xipaguazin enterró, en algún punto en los alrededores del pueblo, el tesoro que le había dado su padre antes del viaje. La noticia de que el tesoro de Moctezuma había estado enterrado, desde hacía quinientos años, a tres horas en coche de mi casa me dejó, por decir lo mínimo, obsesionado. Además coincidió con mi jubilación anticipada del banco al que había prestado mis servicios durante los últimos treinta años. No teniendo nada mejor que hacer con la ociosidad a la que me había arrojado mi jubilación prematura, y movido por la obsesión de hallar el tesoro de Moctezuma, alquilé una casita en El Querforadat, el pueblo vecino de Toloríu, y durante un año estuve subiendo desde Barcelona hasta aquel punto remoto del Pirineo que hoy está muy cerca de la frontera entre España y Francia y que, efectivamente, como consignaba de manera machacona el cronista del séquito de Xipaguazin, está invadido por una eterna y espesa niebla. Cada semana dedicaba tres o cuatro días a pasar el detector de metales, que compré específicamente para ese proyecto, por cada rincón del pueblo, ante la pasiva observación de los vecinos, que me miraban desde sus ventanas con el mismo interés que les hubiera provocado alguien que pasara la aspiradora entre los sillones. Luego me fui extendiendo hacia afuera del pueblo, en un círculo que se hacía cada vez más amplio. Los habitantes de Toloríu, que hoy no serán más de veinte, no están interesados en esa historia, a pesar de las piezas de oro del siglo XVI que, con motivo de alguna transacción, aparecían de repente (la última en el año 2004), ni tampoco les importa que en el archivo de la iglesia del pueblo, en la parte que logró salvar el párroco del saqueo en 1936, existan unos pagarés donde consta que los antiguos habitantes de Casa Vima, la casona donde vivía la princesa Xipaguazin, prestaban dinero y hacían operaciones mercantiles con «monedas de oro extranjeras». Ni un día de todos los que pasé allá arriba salieron los vecinos de su contemplación abúlica, son todos muy viejos y es probable que a esa edad ya no les haga ilusión nada, ni siquiera el tesoro de Moctezuma, y que lo que quieran de verdad sea llegar al final sin mucho estrépito.

Durante todo aquel año no escatimé el tiempo ni el esfuerzo que me conducirían, según mis cálculos optimistas, al tesoro de Moctezuma. En los lugares donde pensaba que podía haber algo, un indicio o el cofre entero, cavaba zanjas, hacía calas y analizaba la mineralogía de la tierra, enterraba las púas y los punzones para ver si lograba tocar ese montón de oro que me obsesionaba. Mis cálculos se basaban en algún pitido, nunca demasiado convincente, que daba el detector, o en la arbitraria corazonada que me producía un paisaje, una formación peculiar de árboles, un tajo vistoso en la montaña, un ramillete de cabras, etcétera.

Al cabo de un año no había encontrado nada, había revisado cada centímetro de un vasto territorio alrededor de Casa Vima, en los puntos donde me parecía razonable que estuviera el tesoro. Pero ¿qué era lo razonable? Durante meses traté de pensar cuál era el sitio ideal para enterrar un enorme cofre lleno de piezas de oro, ¿un paraje recóndito?, ¿una zona boscosa?, o al contrario, ¿un sitio a los cuatro vientos donde a nadie se le ocurriera buscar? Traté de ponerme en la situación de la princesa Xipaguazin, lo cual era una ingenuidad, como me enteraría más tarde al conocer mejor la biografía de aquella mujer trágica, desterrada y enloquecida que recorría como un espectro los alrededores de Toloríu. Aquella mujer, de ser verdad lo que contaba el artículo del periódico, habría enterrado su tesoro, precisamente, de manera poco razonable.

Cuando terminó el año de contrato en la casita que había alquilado en El Querforadat, en lugar de vender mis bártulos de cazatesoros y olvidarme de la princesa Xipaguazin, decidí tirar del hilo de la placa de la iglesia de Toloríu, esa que mandó poner en los años sesenta, en honor de su ilustre antepasada, Su Alteza Imperial; la misma en la que erradicó el «María» para devolverle a la princesa su «Xipaguazin» original. Mi intención era llegar al tesoro por el otro flanco, por el de Federico de Grau Moctezuma, el último descendiente de esa estirpe que, pensaba entonces, alguna información podría darme. La idea, tal como la acabo de escribir, parece una ingenuidad, pero hay que tomar en cuenta que ya había invertido un año en la búsqueda del tesoro, que no tenía nada mejor que hacer y que nada perdía tratando de localizar a ese heredero que podía estar todavía vivo.

En esa placa, además de la restitución del nombre original, se dice que la princesa Xipaguazin, esposa de don Juan de Grau, barón de Toloríu, murió en el año 1537; está escrita en francés y firmada por los «Caballeros de la Orden de la Corona Azteca» y específicamente por el «*chevalier* L. Vilar Pradal de Mir». Aquel *chevalier* era, como puede suponerse, Su Alteza Imperial Príncipe Federico de Grau Moctezuma.

Luego de treinta años de trabajar en el sector bancario, otorgando préstamos, créditos e hipotecas a toda clase de gente, tenía una serie de contactos, de personas que habían quedado muy agradecidas conmigo, en casi cualquier institución de Barcelona, empezando por el Ayuntamiento. Fui a ver a mi amigo Josep Morató, que trabaja directamente con el alcalde, y en cuarenta minutos, en lo que bebíamos dos cafés tibios que nos llevó su secretaria y nos poníamos al día de nuestras vidas, tenía yo en las manos un centenar de páginas, encuadernadas con dos tapas de plástico que lucían un gran escudo de la ciudad. Uno de los asistentes de Morató había entrado al archivo y había impreso, así de sencillo, el documento H418156689430090, que está justamente en la sección H, donde se conservan los «casos latentes» que aún no prescriben, pero que carecen de fundamentos para que el Ayuntamiento ejerza una acción penal, es decir, que al príncipe no le habían quitado todavía el ojo legal de encima.

«Se trata de un pavo de cuidado —dijo mi amigo—, pero ya está viejo y vive desde hace casi cuarenta años fuera del país».

Yo pensé que Su Alteza llevaba más tiempo exiliado del que yo había trabajado en el banco, y me pareció que aquello estaba fuera de toda proporción.

En las páginas del documento aparecía la frondosa historia delictiva del último descendiente vivo del barón de Toloríu y de la princesa Xipaguazin Moctezuma. Al final había una fotocopia de la ficha que le había hecho la Guardia Civil; era un documento borroso, rellenado a máquina de escribir, que contenía fecha de nacimiento, altura, peso y características físicas, y una fotografía hecha en los últimos días que el príncipe había pasado en España, y debajo, en una anotación hecha a mano con bolígrafo, una dirección, una calle y un número en el pueblo mexicano de Motzorongo, Veracruz.

Pero estábamos en que un día, cuando ya nadie lo esperaba y algunos lo daban por muerto o desaparecido, regresó el barón a Toloríu, con la hija de Moctezuma y su nutrido —y llamativo— séquito. Los vecinos no sabían, desde luego, quién era Moctezuma, ni mucho menos que al otro lado del mar había un imperio de donde venía toda esa multitud que, de golpe, había cuadruplicado el número de habitantes del pueblo. El barón, la princesa y su séquito se instalaron en Casa Vima, la casona donde don Juan había nacido, crecido y enviudado antes de embarcarse a Cuba y de enrolarse con los soldados de Hernán Cortés en la aventura de la conquista. Los vecinos vieron pasar en silencio aquella procesión; ninguno sospechaba que esa rara prole trashumante, compuesta de personas bajitas que se cubrían con gruesas mantas y toscos gorros de lana, había llegado para quedarse. Y mucho menos podían imaginar que dos días más tarde, en el banquete más importante que recuerda Toloríu, una de las recién llegadas, la mujer del caballo, sería presentada como María de Grau, la nueva baronesa, aunque su séquito la seguiría llamando princesa Xipaguazin, o «la hija de la primera estrella de la tarde», un hermoso título dicho en náhuatl, en su lengua, en la única lengua que hablaría la princesa hasta el final de sus días.

Aquel banquete estableció la dinámica entre los recién llegados y la gente del pueblo, que constituía una franca minoría, y esta dinámica estaba fundamentada en una incomprensión insalvable, que en el mejor de los casos producía malentendidos. Quiero decir que no podían comprenderse aunque lo desearan, no había ninguna base común, ni cultural, ni espiritual, ni física, ni por supuesto lingüística. Los que por razones prácticas estaban obligados a entenderse, la servidumbre de la princesa con el servicio que ya vivía en la casona, fueron encontrando la forma de transmitir sus ideas, sus necesidades, sus comentarios, y con el tiempo hasta sus bromas y sus gracejos. Pero Xipaguazin no tenía ningún interés en integrarse, ni en convivir, ni en hablar en otra lengua que no fuera la suya, ni siquiera en hacer un gesto amable para los otros, ni tampoco se molestaba en tomar en consideración al barón de Toloríu, que en aquella primera celebración todavía tenía la esperanza de que su mujer se comportara como la baronesa del pueblo, de que paulatinamente le fuera teniendo a él alguna estima, de que aquella princesa de ultramar se fuera habituando a su nueva vida.

No se sabe en realidad si el barón, a esas alturas de su historia en común, despertaba algo en ella, ya no digamos simpatía o cierta apetencia sexual, sino un poco de pena, de lástima, de consideración. No se sabe nada más allá de la hierática actitud de la princesa, tan elogiada por su cronista, de su silencio empecinado, de su desprecio por toda esa gente que la miraba con curiosidad y le sonreía para congraciarse con ella. Era una autoridad recién aparecida y también una mujer rara, bella pero rara; era bajita y morena y estaba ataviada con una vestimenta y una cantidad de joyas y de afeites que nadie había visto nunca en Toloríu.

Xipaguazin comparecía en aquel primer banquete de la misma forma en que lo haría siempre de esa tarde en adelante: apoltronada en una cabecera de la mesa, ignorando a la gente que se dirigía a ella, rodeada, protegida, aislada permanentemente por la dama de compañía, por el hechicero, por el cronista, y comiendo los platillos especiales que le confeccionaba su cocinero con sus propios ingredientes, unos platillos vistosos, de colores intensos, que nada tenían que ver con el cochinillo, el cordero, las perdices que comía el pueblo. Así, completamente aislada, viviría la princesa en Toloríu, quizá pensando que aquella gente no estaba a su altura, que la baronía donde la había llevado su marido era un sitio inhóspito donde hacía frío y había una niebla que no se iba nunca, y personas hoscas, grises, simples, porque ella era la hija del emperador Moctezuma y le correspondía vivir en el reino del sol, de los colores vivos, de los perfumes delicados y los sabores estridentes; ella era la hija del emperador y no podía explicarse qué hacía ahí confinada en ese lugar donde los rayos del sol no llegaban a la tierra, porque eran secuestrados por esa niebla espesa que se arremolinaba alrededor del pueblo.

Aquel primer banquete marcó el tono de la vida de Xipaguazin en Toloríu; ella misma lo estableció y no se sabe exactamente qué puede haber pasado para que se aislara de esa forma extrema. Si se atiende la narración que sugiere la pintura de De la Concha, puede inferirse que el barón había obligado a la princesa a hacer ese viaje y que su séquito lo sabía, y quizá sea ya momento de dar por sentado que de ninguna manera pudo la princesa aceptar, de buena gana, ser la mujer del barón, y que todo tuvo que hacerse en contra de su voluntad, que ella obedeció el mandato de su padre, o que fue burdamente secuestrada, como se barajó al principio, y como el pintor De la Concha escribió con todas sus letras en el reverso de su pintura. ¿Quién, en su sano juicio, estaría contento de abandonar el imperio del sol para irse a hundir en la baronía de la niebla?

Esta pregunta puede parecer una obviedad, pero sucede que Su Alteza Imperial Príncipe Federico de Grau Moctezuma, desde su butacón rojo y orejudo, en el centro de su desvencijada casita de Motzorongo, Veracruz, me dijo una vez, con una insistencia maniaca, que la princesa Xipaguazin había sido feliz al lado de don Juan de Grau, y como prueba de eso que él decía exhibía documentos, como la compra que hizo ella, firmando como María de Grau, de unas tierras, y de ciento cincuenta cabras que pastaban en los alrededores de Casa Vima. «¿Quién compra propiedades y animales en un sitio del cual quiere largarse?», me preguntó entonces Su Alteza Imperial, abandonando súbitamente su rojo butacón, poniéndose de pie y alzando un dedo recto al aire, como él suponía que lo habría hecho un descendiente directísimo del emperador Moctezuma, con esa autoridad, con ese garbo, con esa altanería que a mí, más de una vez, me hizo pensar si no tendría él razón, si no habría un nexo del género de la transmigración entre él y Xipaguazin que le hacía saber que ella en Toloríu había sido una baronesa feliz, y mientras estaba ahí con su dedo recto alzado al aire, acosado por un furibundo escuadrón de moscas, me quedé absorto mirando la tremenda explosión de cabellos blancos que le salía de detrás de la cabeza, como si hubiera estado dormido sobre una almohada y súbitamente se hubiera levantado. Pero lo cierto es que mi investigación y mis descubrimientos, mi análisis de los documentos, y de la historia oral de María de Grau que todavía cuentan los viejos de Toloríu, acaban dándome la razón a mí; no hay manera de que aquella mujer hubiera llegado ahí por su voluntad y no hay forma de que la princesa y el barón se hubieran casado enamorados, en Tenochtitlan, como sostenía con terquedad Su Alteza Imperial, dispuestos a hacer una vida juntos. Esa mujer estaba ahí a la fuerza, como lo estaban algunos elementos de su séquito, porque otros, los que desde el principio habían tenido necesidad de comprender y de hacerse entender, los menesterosos que trabajaban en la cocina, en la intendencia, en el establo o en la granja, irían poco a poco trenzando una lengua común con los nativos de Toloríu y paulatinamente irían desarrollando una relación que, en algunos casos, nueve según el archivo de la iglesia, terminó formando parejas y procreando hijos y, con el paso del tiempo, poblando aquel villorrio del extremo norte de España, aquella baronía venida a menos, de una población mestiza que hasta hoy, en las maneras y en los rasgos de los viejos del pueblo, sigue siendo muy patente. Quiero decir que Toloríu, a finales del siglo XVI, ya tenía un considerable porcentaje de mestizos, de personas mitad españolas, mitad mexicanas, lo que estaba en perfecta sincronía con lo que pasaba al otro lado del mar, donde los soldados españoles se relacionaban con las mujeres mexicanas y empezaban a generar, de manera al principio insensible, y después con un desenfreno que desembocaría en una poderosa erupción, esa raza que terminaría poblando la mitad de América.

La princesa salía a montar todas las mañanas acompañada de su gente, daba unos paseos muy largos por esa zona de la montaña que a veces se extendían hasta el día siguiente, o se convertían en una desaparición de dos o tres días, como sucedió, según cuenta el cronista, en varias ocasiones. Xipaguazin salía cada mañana sin avisarle al barón; salía preparada para pasar la noche, con tiendas y víveres que llevaba su gente, o para volver dos horas más tarde después de un breve paseo, nunca se sabía. El barón trataba de mantener la calma, pensaba que mostrarse enfadado, sorprendido y sobre todo débil ante las desapariciones de su mujer no podía ser más que contraproducente. En el libro del cronista se establece que cuando Xipaguazin regresaba de uno de sus paseos largos y erráticos, el barón montaba en cólera y le recriminaba con violencia su actitud, a lo que la princesa respondía como una salvaje, como «un águila enardecida», dice textualmente Acamapiztli. Eran los únicos momentos, esos de batalla conyugal, en los que la princesa abandonaba su abulia para lanzarse como «un águila» contra su marido y provocarle «vistosas heridas en el rostro y en el pecho, heridas de donde manaba la sangre como de un manantial».

Puede pensarse que la princesa tendría un control absoluto sobre el barón, y que el barón frente a su mujer se comportaba como un pelele y, ¿por qué no?, que también se comportaba como un pelele en su vida militar, pues no hay registro de ninguna de sus acciones como compañero de conquista de Hernán Cortés. Esto podría llevarnos a pensar que su presencia en aquel episodio mayor, el de la conquista del Nuevo Mundo, obedecía exclusivamente a su relación con la nobleza peninsular y a que, con toda seguridad, proveyó de recursos, armas, dinero, influencia en la corte para que la empresa de Cortés pudiera llevarse a cabo, y así ya se explicaría mejor su situación holgada en Tenochtitlan, su estancia ociosa que le permitió seducir tranquilamente a la hija del emperador cuando debería haber estado partiéndose la cabeza contra un guerrero mexicano. Sí, puede ser que don Juan de Grau fuera un pelele integral, un turista de la conquista y un don nadie de los pies a la cabeza, figura que por cierto abunda entre esa gente cuyo único mérito es haber heredado el título que se inventó un antepasado suyo, un listo que se autodenominó rey por la gracia de Dios.

A mi impresión de que el barón Juan de Grau podía ser un pelele hay que añadir el relato de Su Alteza Imperial, que estaba siempre escorado hacia su propio beneficio, digamos, histórico. A él lo que le interesaba era la parte imperial de su linaje, la que lo definía como miembro de la realeza azteca, la del emperador y no la del baroncito, que, bien mirado, es de una dolorosa vulgaridad. A pesar de su facha y del bigote de mosquetero, y a pesar de la delirante vida palaciega que se empeñaba en llevar en aquel bohío tropical en Motzorongo, con sus vetustos trajes, sus gaznés de colores eléctricos, su ampulosa vajilla y sus copas y su criado de librea, a pesar de todos estos despropósitos, Su Alteza Imperial era un hombre muy listo que aprovechando su linaje se inventó la Soberana e Imperial Orden de la Corona Azteca.

Esta Orden logró insertarse, con mucho éxito, en la nobleza española de los años sesenta, una nobleza rara que, mientras los jipis tomaban el mundo occidental, crecía a la sombra y bajo los auspicios del general Franco, aquel dictador al que le encantaban el boato real, las fanfarrias y los oropeles. Su Alteza Imperial, haciendo valer su pedigrí de descendiente directo del emperador azteca, logró colarse en aquel universo tolerado como un

noble excéntrico, pero de casta indiscutible, que
además le iba muy bien al proyecto de expansión
y al intento de congraciarse con las democracias
del planeta que empezaba a promover, con especial
ahínco, el general Franco. Su Alteza Imperial, que
en 1963 era un joven perfumado de la alta burguesía de Barcelona, le pareció a Franco la cuña perfecta para introducir su programa en México, y por
extensión en toda Latinoamérica. El programa consistía en una serie de acciones que pretendían metamorfosear la imagen de dictador que tenía Franco
en América, imagen que respondía rigurosamente
a la realidad, en la de un gobernante que, gracias a
la aceptación masiva de su pueblo, debía ser visto como un presidente normal, como si hubiera sido elegido democráticamente.

El programa de Franco era de una obviedad
insultante; apoyándose en una institución que había
fundado para ese fin, el Instituto de Cultura Hispá-
nica, fue estableciendo en algunas capitales latinoamericanas oficinas que hacían las funciones de casa
de la cultura española, y ahí iba mandando artistas,
intelectuales, escritores afines a su régimen, para que,
a partir de sus obras, y de una sustanciosa agenda de
conferencias, fueran difundiendo el mensaje de que,
a pesar de que su llegada al poder había sido un poco
violenta, su gobierno, ya asentado, estaba sacando a
España de su atraso y de su gravosa pobreza. El más
célebre de todos aquellos enviados del régimen fue
Camilo José Cela, y esto puede comprobarse en la
abundante documentación que existe de aquella
época en el archivo del Instituto, que está en Madrid. Aclaro esto para que no se piense que toda esta

historia la estoy basando exclusivamente en lo que me contó Su Alteza Imperial, ese príncipe venido a menos que, cada vez que me revelaba una verdad, como compensación sembraba una duda.

Pero en México, un país que por su densidad demográfica y su enorme influencia continental interesaba mucho al dictador, la cosa no era fácil. México era el único país, junto con la URSS, que en 1939 había protestado contra el golpe de Estado que llevaría a Franco al poder y, desde aquel año, había batallado en la ONU, y en otros prominentes organismos internacionales, para que Franco fuera considerado como lo que era, un dictador, y no el presidente normal que a la mayoría de las democracias del mundo les convenía ver. México ayudó a los republicanos españoles que perdieron la Guerra Civil y tuvieron que huir a Francia. El presidente mexicano de entonces, Lázaro Cárdenas, montó en aquel país un dispositivo diplomático para entrar en contacto, ayudar, socorrer y eventualmente evacuar a cuanto republicano lo solicitara, a cuanto exiliado se acercara al embajador de Cárdenas para decirle que deseaba refugiarse en México y empezar en aquel lejano país una nueva vida.

De manera que Franco se equivocaba, no solamente porque la promoción de sus bondades como mandatario era inviable en aquel contexto histórico, también porque México, en coherencia con su política internacional, no volvería a establecer relaciones diplomáticas con España hasta que el dictador muriera en 1975. O Franco no calculaba esto, o pensaba que era una situación que, con

la debida diplomacia, podía remontarse, o a lo mejor aquello era idea de algún subalterno, como Fraga Iribarne, ese político habilísimo que, después de
ser ministro, cómplice y comparsa del dictador, logró llegar al siglo xxi como político en activo, como
presidente de Galicia amparado por la democracia;
eso que no logró Franco, reconvertirse en un mandatario normal, sí lo logró su subalterno, su comparsa, su amigote. Pero el dictador estaba empeñado en lavar su imagen en Latinoamérica pues le
parecía, con toda razón, que ahí estaban sus aliados
naturales, y para eso fundó su Instituto de Cultura;
tenía esa misma perspectiva que desde los tiempos
de Hernán Cortés y don Juan de Grau han tenido
en general los gobernantes españoles, que les dejó
su pasado imperial y que les impide percibir que el
sentimiento de los países latinoamericanos frente a España es ambiguo, sólido pero ambiguo, hay
cierta simpatía pero siempre ambigua, esa ambigüedad que persiste hasta hoy y que en España nadie parece notar, y esta ignorancia produce, por
ejemplo, que los sucesivos gobiernos democráti-
cos españoles vayan teniendo invariablemente la
ocurrencia de enviar al rey, ¡a un rey como el de los
cuentos!, a las cumbres latinoamericanas, o que se
sorprendan, y se indignen, y no puedan explicarse cómo es que un país latinoamericano se atreve a
expropiarles su compañía petrolera. Pues esa misma falta de percepción tenía Franco a la hora de
fundar su Instituto en varias capitales latinoamericanas, y los venezolanos, y los chilenos, y los argen-
tinos y los colombianos miraron inmediatamente
con escepticismo las conferencias que iba dando,

por ejemplo, Camilo José Cela, y sobre todo sus contubernios con el dictador de Venezuela, que hasta un libro profundamente venezolano (*La catira*, 1955) le encargó.

Pues de esa misma falta de percepción, de esa ligereza tontuna, hizo gala Franco cuando supo de la existencia de la Soberana e Imperial Orden de la Corona Azteca y mandó llamar a El Pardo a Su Alteza Imperial, aquel joven perfumado de Barcelona que vivía en un palacete en el barrio de Pedralbes y que, según los cálculos del dictador, o de Fraga o de cualquiera de sus comparsas, podía servirle como introductor de su proyecto de lavado de imagen en México. Pero el proyecto de Franco no solo era inviable por las causas que he venido mencionando, también era impensable porque en México había, y hay hasta la fecha, una legión de herederos auténticos del emperador Moctezuma, una multitud compuesta por todos los descendientes que han ido naciendo de aquellos diecinueve hijos originarios y que desde hace quinientos años se disputan el apellido, el pedigrí, el linaje, la exclusividad genética que a todos legó el emperador. Su Alteza Imperial era entonces una rareza en España, un atractivo personaje que daba lustre y aire fresco a la cansina nobleza española, pero en México, el país de su ancestro el emperador y de la princesa Xipaguazin, era uno más de aquella multitud que abordaré más adelante, dentro de unas páginas, cuando venga al caso y toque y sea conveniente su participación en esta historia. Basado en aquella rareza fue que Franco invitó a El Pardo a Su Alteza Imperial, para mostrarle la simpatía que le provocaba su Soberana Orden, y hacerle algunas preguntas para enterarse de qué forma podía servir a sus propósitos ese señor barcelonés. Al final a Franco no le sirvió de nada el heredero español de Moctezuma, pero a Su Alteza Imperial sí que le sirvió la relación con el dictador, que fue bastante estrecha, según lo que él mismo me contó en nuestras conversaciones en Motzorongo, y le sirvió como aura protectora durante los siguientes años y, sobre todo, para que el dictador lo incluyera en su lista de invitados a los desfiles, a los saraos y a las fiestas en El Pardo. Fue precisamente en aquellos saraos, en aquellos desfiles al rayo del sol y en aquellas cenas redundantes y prosopopéyicas que Su Alteza Imperial empezó a vislumbrar un proyecto que le permitiría salir de los apuros económicos que lo acuciaban entonces; debía dinero a toda la burguesía barcelonesa y su palacete había sido embargado por el banco aunque el director, como había sido amigo de su padre, le permitía seguir viviendo ahí.

Un heredero tras otro había ido derrochando la fortuna y quebrando los negocios de la familia Grau Moctezuma y, para cuando llegó el príncipe, de la fortuna no quedaba más que un tímido eco. Cuando me contó de aquellas escaseces, disertando orgulloso desde su rojo butacón y arropado por la adusta idolatría de su lacayo, yo saqué el tema, porque me pareció que el momento era oportuno, del tesoro de la princesa Xipaguazin. «¿No había un tesoro por ahí enterrado que podía haberlo sacado entonces de aquellas escaseces y, sobre todo, de las escaseces presentes que lo tienen viviendo en este pueblo inmundo de Veracruz?» Pero en esa ocasión el príncipe no consideró que fuera pertinente revelarme absolutamente nada del tesoro de su familia e, ignorando con mucha elegancia mi pregunta, pasó a contarme otras cosas.

La princesa Xipaguazin se iba a dar largos paseos a caballo de los que nadie, seguramente ni ella misma, conocía ni la ruta ni el itinerario. Se trataba de verdaderas improvisaciones que su séquito iba acotando, conteniendo, ordenando como podía, porque de otra forma la princesa podía perderse, desbarrancarse o llegar a un sitio recóndito y no saber, o no querer, regresar. Sus paseos preocupaban a todos menos a ella, porque todos dependían de que la princesa siguiera viva y saludable, el barón sin ella hubiera perdido varios escalafones en la nobleza, y los miembros de su séquito, sin su protección, se hubieran convertido en un contingente fuera de lugar, absurdo, y muy probablemente habrían corrido el peligro de ser echados de ahí y de encontrarse sin recursos para volver a México y de verse condenados a convertirse en una tribu de indígenas nómadas mexicanos buscando su sitio en algún pueblo de Europa como, en efecto, pasaría tiempo después de la muerte de la princesa Xipaguazin.

Aquel negro futuro nómada lo había alcanzado a ver el hermano pequeño de la princesa, ese que la había acompañado hasta Toloríu como parte de su séquito, y que unos meses más tarde había exigido su retorno a México, sin saber que su padre había muerto y que su imperio había quedado en manos de los españoles. Después de algunas escenas y de vivir ciertas situaciones, había considerado que la salud mental de su hermana iba a terminar con ella, o a complicarle la vida a él, que era también un príncipe, y no deseaba estar presente el día que todo aquello se desmoronara, así que valiéndose de su autoridad y de su jerarquía había exigido a don Juan de Grau, porque su hermana se había instalado en esa fase lunática que la aislaba del mundo, un barco y su tripulación para regresar a su país. El hermano regresó, hizo un viaje del que no queda registro ni se sabe absolutamente nada, pero sí se sabe, porque se conoce que se llamaba Ayocote, lo que hizo después. Cuando llegó a México su padre ya había muerto y, gracias a su talante intelectual y poco dado al enfrentamiento, fue tolerado por los conquistadores. Dedicó el resto de su vida a la poesía y a procrear hijos; tuvo doce, siete menos que su padre, y colaboró de forma nada despreciable con la numerosa descendencia de los Moctezuma que sigue, hasta la fecha, expandiéndose por todos los rincones del país. De la poesía de Ayocote, de todos sus versos, hay uno que, desde mi punto de vista, se refiere a su viaje en barco; se trata de un verso modesto, más bien simplón, que dice así: «Termina en una montaña el agua interminable» (de la traducción de José Alberto Domínguez Camarena, en *Poesía prehispánica,* primer volumen, Editorial Vuelo, México, 1956). Eso es todo lo que se sabe del príncipe Ayocote, más un detalle que establece el cronista en su libro, cuando cuenta, quizá buscándole una explicación a la patología de su patrona, que la princesa se volvió loca en cuanto se fue su hermano. Esto parece poco exacto, a juzgar por lo que ya hacía la princesa antes de aquel acontecimiento, esa cadena de actos y gestos que hoy nos indican que llegó loca a Toloríu, y que seguramente ya lo estaba antes de subirse al barco, y todo esto me lleva a pensar que a lo mejor empezó a perder el juicio en cuanto supo que don Juan de Grau, ese hombre barbado, rudo, extraño y mucho mayor que ella, que hablaba en una lengua que no entendía, quería llevársela para siempre de su reino.

Los paseos de la princesa, como vengo diciendo, eran de una improvisación desconcertante. Si se alargaban y la sorprendía la noche, su séquito, que vivía a merced de sus caprichos, instalaba un campamento. Al día siguiente, la princesa podía ordenar volver o seguir hacia adelante, nunca se sabía, pero en el pueblo comenzaba a correr el rumor de que Xipaguazin tenía un amante del otro lado de las montañas, al que iba a visitar cada vez que salía de paseo. Este dato, que me contaron dos personas en Toloríu, llamó mi atención porque ese amante bien habría podido ser francés (aunque en esos años no hubiera todavía frontera entre Francia y España), y en su momento pregunté sobre este rumor a Su Alteza Imperial, ya que a fuerza de visitarlo en su bohío en Motzorongo habíamos empezado a desarrollar algo de confianza. Ante mi insinuación, formulada de manera muy respetuosa y, sobre todo, desde un punto de vista histórico y aséptico, de que quizá él podía ser descendiente del amante francés de la princesa, y no del barón de Toloríu, replicó que cuando la policía española comenzó a acosarlo por el caso de la Soberana e Imperial Orden de la Corona Azteca se vio obligado a demostrar la autenticidad de su pedigrí, con una serie de documentos que conservaba en ese *tupperware* verdoso que le servía de archivo, y que yo revisé cuidadosamente. «¿Le ha quedado claro?», me preguntó entonces, con una fracción de sonrisa triunfal, mientras acariciaba, como si se tratara de una criatura viva, la cabeza de uno de los leones labrados del reposabrazos. Yo la verdad no quedé muy convencido, o más bien pensé que el barón de Toloríu, en el fondo, carecía de relevancia, y además pensé, con cierta molestia, que la historia del amante francés restaba calado a esa fastuosa locura de errar por el bosque, porque al tener el objetivo de reunirse con un hombre, su misterioso errar se convertía en un simple trámite, en la ruta que debía cubrir para llegar a su objetivo, y lo que parece más bien es que en estos paseos no había ni ruta ni objetivo, no había más que ganas de irse, de desaparecer, de no estar atada a ese sitio que detestaba, de irse de ahí de improviso, como si acabara de ser pinchada por la punta de un relámpago y tuviera que levantarse de la mesa, o de la silla donde se sentaba a mirar la montaña, o tuviera que largarse de una tertulia, o de una cena o sarao, o de su propia cama donde estaba ya metida y cuando estaba a punto de dormirse le caía encima el relámpago, y ante la mirada somnolienta del hechicero, del cronista y de la dama de compañía, que ya se ha dicho que no la dejaban nunca sola, brincaba de la cama y salía corriendo en camisón rumbo al establo, desplazándose rápido y en zigzag como una descarga eléctrica, como el mismo relámpago que le había caído encima, y no había manera de impedir su huida, solo quedaba dar voces para que la guardia del barón despertara y, a toda velocidad, se desplazara al establo y montara sus caballos para seguirla, mientras su séquito preparaba los carros con tiendas y bastimentos porque ya sabían que en cuanto la princesa regresara, escoltada por los soldados, exigiría dar un paseo, sin importarle que fuera de noche, ni que su séquito, compuesto por hombres y mujeres que tiritaban de frío debajo de sus gruesas mantas y de sus toscos gorros de lana, la recibiera con la mirada cada vez más torva, con una furia creciente que ya se había ventilado alguna vez frente al barón.

La cocinera, que era la que tenía el talante más rijoso, había hablado con don Juan en nombre de todos, en esa lengua mestiza con la que ya entonces se entendían, sobre los abusos reiterados de la princesa, sobre sus caprichos, sus aullidos y sus escapadas intempestivas, y don Juan le había hecho ver que lo más que podía hacer era poner a dos de sus soldados para que la protegieran, para que la princesa no se hiciera daño en esas escapadas súbitas, aleatorias, que empezaban de improviso cuando brincaba de la cama, o de la mesa, y salía corriendo en zigzag rumbo al establo, tirando copas y vasos, una mesilla, y golpeándose con las puertas, con las esquinas de las paredes, en su desesperación por subirse al caballo y salir de ahí, y a aquel vendaval que ponía la casa en pie de guerra se sumaba la carrera de los soldados de don Juan, y de la dama de compañía, del cronista, del hechicero y del resto del séquito, un escándalo que reclamaba la atención de todos porque, en un descuido, la princesa podía hacerse mucho daño, al recorrer la casa golpeándose contra todo pero, más que nada, cuando entraba al establo y brincaba, así de menuda como era, encima de su caballo, que le aguantaba sus gritos y sus caprichos, y las horas intempestivas a las que daba sus paseos y la retahíla de cosas que le iba diciendo agachada, pegada a la oreja del animal, cosas sobre su marido, sobre su séquito, sobre las semillas que había llevado de ultramar y no florecían, sobre la desgracia de estar lejos de su reino y confinada en aquella baronía helada, neblinosa, insulsa, sobre todas esas cosas iba hablándole Xipaguazin a su caballo mientras salía a todo galope del establo y se alejaba rumbo al bosque, rumbo a la cima o al abismo, rumbo a donde el caballo tuviera a bien llevarla en esas carreras alocadas en las que podía caer, o darse un golpe, pero lo cierto es que nunca le pasaba nada, siempre era interceptada por los soldados de don Juan, en plena carrera, o mientras descansaban ella y el caballo, o en lo que iba trotando y diciéndole más cosas, más secretos y misterios a la oreja, y al final la princesa siempre regresaba, escoltada por los dos soldados, generalmente arañada por las ramas y los arbustos, con sangre en una mejilla, en el antebrazo, en el muslo, pero nunca herida de gravedad, nunca con nada roto y, al contrario, con una energía diabólica que la hacía salir de paseo en el instante en que los soldados la devolvían escoltada al pueblo, aceptaba que su caballo fuera atado al carro del séquito, permitía que la dama de compañía le limpiara las heridas y también dejaba que el hechicero le pusiera un emplasto en los tajos que acababa de hacerse, eso era todo, no aceptaba ni gotas, ni brebajes, ni remedios que pudieran tranquilizarla, porque la princesa sospechaba de todo y de todos, incluso de su dama de compañía y, desde luego, del hechicero, a quien le conocía verdaderos milagros y auténticos maleficios.

Pero la desconfianza hacia el hechicero era gratuita, injusta, no tenía base real, era un hombre de una fidelidad hermética y además, ateniéndonos a la mirada que le adjudicó en su mural el pintor De la Concha, quedaba claro que no le simpatizaba el barón, ni la situación a la que este los había arrastrado. Aunque también es verdad que, según el testimonio del cronista, el hechicero se comportaba de una manera excéntrica y esto podía generar cierta desconfianza, o quizá se trataba de un hombre que estaba orientado de otra forma, se dejaba conducir por otras fuerzas y se guiaba por otros impulsos, finalmente los hechiceros viven con un pie en el otro mundo, para servir de puente a las personas que necesitan de sus servicios. Quiero decir que su comportamiento excéntrico tenía un fundamento, digamos, profesional, y en todo caso no puede perderse de vista que la princesa, al margen de lo que pudiera percibir y de su desconfianza, estaba loca.

Se sabe que el hechicero se desplazaba con frecuencia desde Casa Vima, donde vivía la princesa Xipaguazin, al castillo de Toloríu, donde se había mudado el barón, que prefería vivir a esas alturas separado de su mujer. No queda registro de lo que el hechicero hacía en el castillo del barón, se sabe que caminaba por la única calle del pueblo rumbo al castillo, y también se sabe que iba ataviado, porque el libro de Acamapiztli tiene un dibujo que así lo ilustra, con una larga capa de plumas multicolores, que cuando caminaba iba arrastrando por la yerba y por el polvo del suelo, y un deslumbrante penacho de plumas blancas. No se sabe qué tanto hacía el hechicero con el barón, como digo, pero puede colegirse que iba a recetarle algo, a decirle cómo podía curarse alguna enfermedad y a darle la pócima o la infusión o el emplasto que pusiera el remedio. Aunque también es probable que el barón tratara de sacarle información y quizá hasta le pidió, en algún momento, que hiciera algo para disminuir la ferocidad de su mujer, que le preparara un brebaje tranquilizante, que la dopara un poco, todo dicho en esa lengua mestiza que ya habrían implementado.

A pesar de la imagen de los papas, esos ocho personajes oscuros a los que había visto en México y que seguían apareciendo en sus sueños, es probable que el barón haya terminado confiando en el hechicero, que bien podría haber sido uno de ellos, y no sería extraño que le haya confiado su deseo de engendrar un hijo con la princesa, ni que se haya hablado de la dificultad que entrañaba conseguirlo con esa mujer a la que no podía acercarse.

La misión de preñar a Xipaguazin parecía imposible; sin embargo, es un hecho que el día 17 de marzo de 1536, dieciséis años después de su llegada a Toloríu, la princesa y el barón bautizaron a su hijo Juan Pedro de Grau Moctezuma, el primer mestizo que daría origen a la estirpe española del emperador. ¿Tuvo que ver el hechicero con aquel milagro? Lo sensato, de entrada, sería descartar esta hipótesis, puesto que el hechicero, como he venido diciendo y podrá comprobarse más adelante, odiaba a Juan de

Grau, aunque es verdad que la tentación de pensar en una poción, en unos polvos que hubieran narcotizado a la princesa mientras el barón la poseía, es una imagen que tiene una atractiva estridencia plástica.

A veces, mientras hablaba con Su Alteza Imperial en su casita destartalada de Motzorongo, no podía evitar imaginar que esa vida convulsa que había tenido, llena de chapuzas y triquiñuelas y también, por qué no decirlo, de verdadera realeza, tuvo su origen en la cópula de una mujer narcotizada con un barón despechado. Aunque he de decir que esta idea, por la carga moral que contiene, se viene pronto abajo, porque una mujer que ha sido preñada contra su voluntad, o mejor, sin la intervención de su voluntad, no necesariamente produce una estirpe desastrosa; la vida es profundamente amoral y de un acto infame como lo es la violación puede nacer una buena persona, o viceversa, cuando de dos personas que se han amado mucho nace un asesino serial.

A primera vista habría que descartar la ayuda del hechicero en el embarazo de la princesa porque aquel hombre, ya lo he dicho, odiaba al barón; pero también puede pensarse que, con todo y ese odio, al hechicero, y al círculo íntimo de Xipaguazin, con quien tendría que tratar este tema, le convenía que la princesa tuviera descendencia, para que si se moría no los dejara abandonados, a merced del barón y sin ningún nexo con el imperio de Moctezuma. Porque la opción salvaje, la violación perpetrada en solitario por el conquistador, el sexo a la fuerza, hay que descartarla, pues se sabe en Toloríu, y así quedó establecido en el libro de Acamapiztli, que el barón vivía más bien atemorizado, tenía miedo de aquella gente impredecible, sobre todo del hechicero, por eso trataba con tanto ahínco de ganarse su confianza.

Pero el hecho contundente es que la princesa Xipaguazin quedó embarazada de la criatura que sería la conexión europea de Moctezuma, y también el instrumento que haría ascender al barón de Toloríu en la jerarquía de la nobleza hispana. Todo este planteamiento ignora, desde luego, el rumor del amante francés de Xipaguazin, porque hasta hoy no he podido comprobar que sea más que eso, un rumor, y además, como he dicho antes, el hijo se apellidaba Grau Moctezuma y para los efectos de esta historia da igual quién haya sido el verdadero padre.

Al enterarse de que su mujer estaba embarazada el barón redobló, con la complicidad del círculo íntimo, la vigilancia de la princesa, porque en su estado no debía montar a caballo, ni huir como una loca a toda velocidad y sin rumbo, ni exponerse a sufrir una caída o un golpe. Y aquí se abre una zona ciega de la historia, de la que no queda registro escrito, ni memoria, pero que debe ser uno de esos episodios donde todo se define, donde la historia sigue o se interrumpe y queda en unos cuantos relatos deshilachados. ¿De qué forma habrá tomado la princesa Xipaguazin, esa mujer volátil y propensa a la locura, su embarazo? Lo que se sabe es que no volvió a pasear a caballo, y que tampoco volvió a escapar como lo hacía antes de su embarazo. Se sabe que después de parir a Juan Pedro, su único heredero, la princesa experimentó un pronunciado declive vital que la llevó unos meses más tarde, el 10 de enero de 1537, a la muerte. En fin, podríamos decir, para iluminar un poco esta zona ciega, para no dejar tan suelto este cabo, que hubo un acuerdo entre el barón y la princesa, un trato entre las dos dinastías, y que ella murió porque, una vez cumplido el deber de perpetuar la estirpe de su padre, no tenía ninguna razón para seguir viviendo en ese pueblo que detestaba, ni siquiera su hijo era razón suficiente, porque, según se sabe en Toloríu, y según quedó escrito en el libro de Acamapiztli, fue parir a Juan Pedro y deshacerse de él, no volverlo a ver, dejarlo en manos de la nodriza que propuso el barón y dedicarse en cuerpo y alma a bien morir.

El hijo de Xipaguazin pasó a vivir al castillo, al territorio de su padre, y, cuando murió la princesa, su círculo íntimo, el hechicero, la dama de compañía y el mismo cronista, seguidos por el resto del séquito, tomaron la determinación de actuar para que el destino no les pasara por encima.

Un día, mientras husmeaba en una librería de viejo en el centro del D. F., en uno de esos viajes que hacía a la capital para escapar de la vida provinciana de Motzorongo, me encontré, milagrosamente, con un modesto librito, publicado hace años en México, que es la interpretación de un códice donde se representa una parte de esta historia que estoy tratando de reconstruir. Fue escrito por un historiador de nombre Zacarías Herrando, con el título *El destierro* (Universidad de Veracruz, 1968).

Herrando parte de la interpretación de un códice que está en el Museo de Antropología de Xalapa y que, según se explica en el prólogo, fue donado en 1950 por el gobierno español. El códice había ido pasando de un coleccionista a otro hasta llegar al Museo del Prado y de ahí, quizá por esa voluntad que tenía Franco de congraciarse con México, fue enviado al Museo Nacional de Antropología, en el D. F., y en 1957 fue trasladado, por tratarse de una pieza suelta de un hecho aislado que solo adquiría sentido en el contexto de la historia veracruzana, al de Xalapa. De todas formas el códice permanece, hasta hoy, en la bodega del museo; el capítulo de Xipaguazin nunca ha tenido ninguna relevancia histórica y su rareza lo hace parecer una pieza de ficción.

El libro de Zacarías Herrando es, hasta donde sé, el único trabajo que ha producido el códice y, si se conoce la crónica de Acamapiztli, tiene poco que aportar a la historia en general, pero sí que desvela un episodio particular. *El destierro* no habla ni del origen de la relación entre Juan de Grau y Xipaguazin, ni del viaje a España, ni de los primeros años de la corte en Toloríu; empieza con la muerte de la princesa y se concentra en la infancia de Juan Pedro, el nieto de Moctezuma, y en el gran éxodo que emprendió la antigua corte de Xipaguazin cuando sintió que sus días en Toloríu habían terminado.

El autor del códice, cuyo nombre no figura en ningún sitio, empieza ilustrando a la nodriza española que alimenta al nieto del emperador en el castillo del barón. Al morir la princesa, y al perder la cercanía con el niño, los mexicanos habían quedado en una situación incómoda, que no duró mucho tiempo, pues el barón murió unos meses después. En *El destierro*, Zacarías Herrando sugiere que el hechicero se valió de algún maleficio para deshacerse del barón, que se interponía entre ellos y el nieto del emperador y al que, como apuntan todos los indicios, ya le tenía cierta ojeriza. El maleficio debe haber sido un veneno, pues el códice presenta a un barón que, después de morir su mujer, comienza a perder la salud, empieza a deambular por el castillo rumiando un dolor que baja «como una columna, de la cabeza al abdomen» y poco a poco va «estancándose» en su recámara, debajo de sus «mantas de seda» que deja empapadas con el sudor enfermizo que produce su «extraña enfermedad», escribe Zacarías Herrando, y añade que, en la agenda del barón, lo que seguía era irse deshaciendo de los mexicanos, que, una vez ida la princesa, se habrían convertido en una monserga.

Por primera vez, leyendo *El destierro*, me enteré de cuántos mexicanos constituían el séquito de la princesa en Toloríu, que era un dato que Su Alteza Imperial no había sabido decirme, o sí, pero con un número descaradamente inventado, «unos veinte», me había dicho un día, después de que yo había insistido mucho, para quitarse de encima mi presión y poder seguir contándome de los saraos, las tertulias y las cenas a las que lo invitaba el general Franco. Herrando habla de las ciento cincuenta personas que «bebían el aliento de la princesa», lo cual resulta una cantidad descomunal para un pueblo como Toloríu, que apenas pasaba de los cincuenta habitantes. La cifra explica los temores del barón, su reticencia a comportarse como el conquistador que era, y la sumisión con la que aceptaba los caprichos, las iras y las fugas de su mujer. En esta sumisión también, probablemente, tenía que ver el tesoro, influía que su mujer era rica y él no, y no era sensato reñir con ella ni incordiarla, ni hacerle ver sus iras y sus caprichos. El caso es que el barón murió, bajo esas mantas de seda sudadas, «con el rostro cubierto por un velo índigo», escribe textualmente Herrando, y a mí me parece, o quizá es lo que quiero entender, que el «velo índigo» es una metáfora del color que tenía el rostro del barón en el momento de su muerte, el color azuloso típico del que muere por envenenamiento.

El círculo íntimo de la princesa, muerto el barón, se hizo cargo del niño; se lo llevó a Casa Vima, y la nodriza que lo había alimentado durante esos meses fue sustituida por la cocinera, que puso «su leche al servicio del nieto del emperador». A partir de entonces cambiaron los equilibrios del pueblo; el centro gravitacional pasó del castillo a Casa Vima, y los vecinos entraron en un temeroso paréntesis, que consistía en esperar a que el hijo del barón tuviera edad suficiente para retomar el mando que había dejado su padre.

Aquel paréntesis duró dieciséis años, de los que no queda registro, pero no es difícil colegir que fue un periodo armónico y pacífico, fundamentado en el poco interés que en general sentían los aztecas por los habitantes originales de Toloríu, y viceversa. Se sabe, porque está dibujado en el códice e interpretado en *El destierro,* que alrededor de 1550 hubo una diáspora en el séquito. Cuarenta personas, hartas del frío permanente y de esa niebla espesa que no se iba nunca, decidieron emigrar al sur, a un sitio más cálido, pues se habían cansado de esperar el regreso a Tenochtitlan que les había prometido el hechicero y que, a esas alturas, ya se veía como un proyecto irreal; el séquito no tenía ningún tipo de apoyo en España, y llevaba demasiado tiempo aislado en la punta del Pirineo, «el retorno se disolvía como la nieve en el agua», escribe, con notable cursilería, Zacarías Herrando.

En cuanto la diáspora tuvo lugar, el ambiente en la corte comenzó a enrarecerse; restando los que se habían ido y los que habían muerto, quedaban apenas dos decenas de los ciento cincuenta que habían llegado originalmente de ultramar. En aquella comunidad menguante, la autoridad del hechicero empezaba a ser cuestionada, y no ayudaba que su proyecto para instaurar el imperio de Moctezuma en España, que había concebido en los últimos años, pareciera brumoso y difuso, careciera de aliento y de directrices, y además el hechicero envejecía, y era cada vez más tiránico y más déspota, y la veintena de mexicanos que todavía resistía en Toloríu, que eran los viejos, los débiles y los enfermos que no habían podido unirse a la diáspora, desconfiaban de él, no entendían qué quería hacer con el nieto del emperador y, según se desprende de la interpretación del códice, el mismo hechicero tampoco sabía muy bien de qué forma articular la rama de Moctezuma en España, de qué manera efectuar la reconquista, un concepto delirante cuya florida explicación lleva dos páginas a Zacarías Herrando: la idea era que ellos, que por circunstancias de orden más bien venéreo habían logrado escapar de la conquista, estaban llamados a volver a México para efectuar la reconquista, o sea, quitarles el poder a los españoles y devolvérselo al nieto de Moctezuma. «¿Qué otro sentido podía tener la presencia del nieto del emperador en esas montañas?», se pregunta el historiador al final de su disertación.

En efecto, la presencia del nieto de Moctezuma en esas montañas en el sur de Europa parece una imagen propuesta por la imaginación enloquecida de un novelista, parece un cuento pero no lo es, es una pieza histórica real a la que el hechicero, el autor del códice e incluso Herrando trataban, con toda razón, de encontrarle un sentido y un destino.

El éxodo partió de Toloríu rumbo al sur. Como nunca habían salido de la montaña no sabían con qué iban a encontrarse. El hechicero, que se había convertido en un líder vetusto e irascible, trató de disuadirlos con todo tipo de leyendas, desde bestias fabulosas que podían zamparse a los cuarenta bravos de una sola tarascada, hasta la misma orilla del mundo, que sería un abismo infinito por el que se despeñarían los cuarenta, revueltos con las aguas salvajes de una interminable catarata. Les contó todo tipo de patrañas y no aquello que era más factible, como un tumulto de soldados, de guardias del reino, de campesinos muertos de hambre o de facinerosos, que podían atentar contra ese grupo de gente bajita, morena y distinta. No queda registro de aquella peregrinación, ni se sabe al final a qué peligros se vieron expuestos, ni cuánto tiempo les llevó llegar a su destino, ni si hubo bajas, o nacimientos, porque algunos jóvenes, y en edad de procrear, irían en aquel éxodo. No se sabe nada de aquello, pero sí de cuál fue su destino.

En el archivo comarcal y regional de Granada (tomo LXXXIX, sección II, hoja I) se consigna la existencia, en el año 1885, más de trescientos años después del éxodo de Toloríu, de una tribu de «mexicanos puros» que vivía en el Sacromonte. La «pureza» de aquella tribu, según se explica en el texto, obedecía a que, durante esos más de tres siglos, se habían ido reproduciendo entre ellos porque querían preservar su identidad, que era, y esto lo dice con todas sus letras, la de los herederos de la corte de la princesa María Moctezuma, que es, como se sabe, la misma que Xipaguazin. El séquito recaló ahí y durante todos esos años compartió su destino sobre todo con los gitanos, pero también, durante un tiempo, con los esclavos negros que habían sido abandonados por la nobleza árabe que, al ver el éxito de la reconquista de los Reyes Católicos, había preferido tomar el camino del exilio.

Lo cierto es que en 1885, la fecha en que se consigna ese dato en el archivo, los herederos de la corte de Moctezuma no debían distinguirse mucho de los gitanos, que eran sus vecinos, y además, durante los siglos que ambas tribus llevaban compartiendo el mismo territorio, se había echado a andar un curioso proceso de mimetización.

Encontré este dato revelador no en Granada, sino en el archivo de Sant Cugat del Vallès, un pueblo que pertenece a la periferia de Barcelona, donde hay una muy completa sección de documentos antiguos microfilmados que están ligados a Cataluña, como sin duda lo estaban los mexicanos puros del Sacromonte, que originalmente salieron de Toloríu. Como el episodio del Sacromonte me parecía crucial, lo saqué en la primera oportunidad que tuve, en otra de mis visitas a Motzorongo, en una pausa que hizo Su Alteza en medio de un espeso monólogo, para toser el también espeso humo de las sardinas que le había colmado los pulmones; era el mediodía y Crispín, el factótum, ejecutaba una asfixiante fritanga para darnos de comer mientras me miraba con la reprobación, y el fastidio, de siempre. Haciendo un intento por ignorar el malestar que solían producirme las miradas iracundas del factótum conté, dirigiéndome exclusivamente a Su Alteza Imperial, que dentro del trabajo periodístico que estaba haciendo sobre su persona y su obra («y que ya va durando demasiado», apuntó con dureza Crispín) me había encontrado la historia del éxodo de una parte de la corte de Toloríu, que había recalado en el Sacromonte de Granada, y que se había conservado ahí, y al parecer reproducido, cuando menos hasta el año de 1885.

«Ese es un tema que nos atañe seriamente», dijo Su Alteza Imperial con dos sonoras palmadas en sus muslos y una sonrisita de bufón que cubrió a medias su espeso bigotazo, como si algo extraordinariamente divertido estuviera a punto de pasar. «Y ¿de qué forma?», pregunté desconcertado y muy incómodo porque Crispín, que desde luego estaba al tanto de aquello que era tan extraordinariamente divertido, se había sumado al jolgorio del patrón con otra sonrisita, más triste pero inequívocamente bufona. «De hecho nos atañe a todos los que estamos aquí, en palacio, incluso a usted mismo», dijo Su Alteza Imperial. Al decir «palacio» se refería, y lo hacía con mucha solemnidad, a la choza de madera, intervenida por todo tipo de yerbajos y moscardones, donde vivía; tenía la idea, inspirada por el mundo de la diplomacia, de que el espacio se transfigura cuando lo habita el representante de una institución; así como un embajador, por el acto simple de poner una bandera y su presencia física e institucional en una habitación de hotel logra que esta se transfigure en una embajada con todas sus atribuciones, así Su Alteza Imperial pensaba que él mismo iba transfigurando los espacios, y que su sola presencia en ese bohío lleno de moscas y emborronado por una espesa humareda de sardina frita reconvertía el deprimente entorno en una fastuosa estancia palaciega.

Su Alteza contó que la parte de la corte que se había quedado en Toloríu había desaparecido muy pronto, pues se trataba, como ya se ha dicho, de los viejos y los enfermos, de los que no habían tenido energía para emprender el camino del exilio. Juan Pedro, el nieto del emperador Moctezuma, había cumplido los diecisiete años bajo la tutela del hechicero, y a partir de entonces se había hecho cargo de la baronía y con el tiempo se casó y tuvo hijos; puso su cuota en esa estirpe que llegaría, oliendo a sardina frita y en una decadencia terminal, hasta Motzorongo, en el siglo XXI.

Viéndolo con fría objetividad, la punta de la estirpe no «llegó», sino que «regresó» a México; Su Alteza Imperial cumplió el sueño de todos aquellos miembros del séquito de Xipaguazin que querían regresar y no pudieron, nada más que por una razón tan torcida, tan alejada del «regreso», que más valdría pensar que no volvió, que simplemente llegó.

El hechicero, en cuanto Juan Pedro de Grau Moctezuma cumplió diecisiete años, se había volatilizado, había desaparecido del pueblo, se había ido y hasta la fecha abundan los testimonios en los pueblos vecinos de gente que cuenta que sus abuelos les contaban que sus abuelos decían que por esa zona del Pirineo, de El Querforadat a Estana y de ahí a Vulturó y al Coll de Jusana, y por Gosolans y por el Prat d'Aguiló y por Béixec, por toda esa zona trashumaba un hombre al que por sus características etéreas, aunque iba vestido con una capa de plumas de colores y un deslumbrante penacho de plumas blancas, fue quedándosele el nombre del Espectro. Cuando alquilé aquella cabaña para buscar durante un año el tesoro de Moctezuma, me encontré con varios campesinos que me aseguraban que todavía entonces, de vez en cuando, se veía pasar al Espectro entre los árboles, montaña arriba, huyendo de su propia historia, y yo, una vez, aunque tengo que admitir que en una noche en que la soledad de la montaña me había llevado a beber de más y a fumarme una pipa de hachís, lo vi pasar frente a mi ventana y me levanté del sillón de golpe y abandoné el fuego crepitante de la chimenea y salí como estaba, en mangas de camisa, al frío polar del Pirineo y, ya fuera, con la nieve hasta las rodillas y la cabeza despejada por el golpe súbito del frío, vi al Espectro, al hechicero, alejarse corriendo, arrastrando su capa de plumas, con el deslumbrante penacho golpeado por el viento rumbo a la espesura del bosque, pero repito, recalco, hago constar que había bebido media botella de Jameson y fumado una pipa gorda de hachís, y lo digo, lo dejo aquí establecido no porque crea que de verdad vi pasar al hechicero, sino para exponer la fuerza con la que esa leyenda de la montaña había arraigado en mí.

Pero estábamos en que Su Alteza Imperial me decía, a propósito de mi descubrimiento de las cuevas del Sacromonte, «ese es un tema que nos atañe seriamente», y motivado por mi gesto de extrañeza, me contó que los sucesivos herederos de la princesa Xipaguazin habían ido entrando en contacto con el éxodo del Sacromonte porque eran conscientes de que su deber histórico era permanecer unidos, cuidándose mutuamente.

Su Alteza Imperial, durante sus años de nobleza esplendorosa, cuando era invitado por Franco a los saraos de El Pardo, había aprovechado su influencia para ayudar a sus paisanos, había conseguido que remozaran las cuevas y su entorno, e incluso que los más viejos pudieran optar por vivir en un edificio de interés social, en el centro de Granada, que el mismo dictador puso al servicio de los miembros de la Soberana e Imperial Orden de la Corona Azteca. La relación entre Su Alteza y el séquito de Xipaguazin en el exilio, que era en rigor su propio séquito, era tan sólida, y tenía tal vigencia, que Crispín, el factótum de Su Alteza, ese hombre que lo cuidaba y que en ese mismo momento me taladraba con los ojos en lo que freía una sardina, era uno de los descendientes del exilio de Toloríu, era un granadino con pedigrí mexicano que había nacido en el Sacromonte.

El príncipe me contó que en tiempos de Jauja, cuando vivía a todo lujo en el palacete de Pedralbes, su séquito contaba con diez miembros, con una decena de mexicanos granadinos auténticos, pero con el paso de los años y la ruina, económica y social, de la Soberana e Imperial Orden de la Corona Azteca, aquello había ido menguando hasta quedar en un único representante, que era Crispín, el factótum. En cuanto me enteré de aquello, inmediatamente después, ese hombre que tan mal me había caído, ante el que me sentía tan predispuesto, se transfiguró ante mis ojos, se convirtió en una pieza histórica, en la parte viva de una admirable estirpe de resistentes y, sobre todo, en la probable entrada al tesoro de Moctezuma, cuyo paradero deberían conocer él y sus compañeros de exilio.

En aquel momento me sentía a las puertas del tesoro y no tomaba muy en cuenta que habían pasado casi quinientos años desde que la princesa lo había enterrado, y que ese tiempo era más que suficiente para olvidar, tergiversar o malinterpretar los recuerdos y las claves de aquella tribu, ni tampoco se me había ocurrido, aunque lo que pasaba seguramente era que no deseaba que se me ocurriera, pensar que los descendientes del éxodo de Toloríu, en cualquiera de sus formaciones a lo largo de los siglos, podían haber ido a desenterrarlo ellos mismos para procurarse una vida mejor y salir de aquellas cuevas granadinas y comprarse una gran casa, o un edificio donde pudieran seguir viviendo agrupados, pero en mejores condiciones.

Tiempo después, cuando, a partir de aquella revelación, ya tenía yo otra óptica sobre el factótum Crispín, e incluso le profesaba cierta estima, él mismo me habló de la devoción que tenían los suyos por la memoria del emperador Moctezuma, y por todos y cada uno de sus descendientes, y después de que me contara una serie de episodios que reforzaban su posición y la de su tribu, pensé que aquellos descendientes del séquito original, lo mismo que sus ancestros y sus hijos, no habrían sido capaces, aunque supieran dónde se encontraba, de desenterrar ese tesoro que pertenecía a la familia Moctezuma y que, de haberlo sabido, se lo hubieran dicho a alguno de los descendientes del emperador.

Siguiendo esta idea le pregunté un día al príncipe, disimulando mi interés y buscando un momento propicio para que mi curiosidad pareciera espontánea, sobre la posibilidad de que alguno de sus ancestros hubiera desenterrado el tesoro y se lo hubiera gastado. Su Alteza me respondió que cabía la posibilidad de que así fuera, pero unos días después cambió de opinión y me dijo que lo más probable era que el tesoro siguiera ahí, en la cumbre del Pirineo. Entonces tuve la impresión de que me decía eso para que eventualmente yo lo ayudara a buscarlo, aunque días más tarde volvió a contemplar la hipótesis de que el oro del emperador hubiera sido desenterrado por alguno de sus antecesores.

Últimamente, y a medida que voy escribiendo esta historia, he pensado que el propósito de aquella calculada ambigüedad era mantenerme interesado, para que no fuera a decepcionarme y a suspender la entrevista y nuestras conversaciones, que, como me enteraría después, disfrutaba mucho. Por otra parte, aquellas especulaciones sobre el tesoro, que en realidad no parecía que tuvieran mucho fundamento, me habían hecho ver que en todos esos meses que llevaba visitando a Su Alteza Imperial había desarrollado un genuino interés por su historia.

Los sucesivos descendientes de Xipaguazin iban teniendo ya muy poco de mexicanos, no sabían casi nada del país de sus ancestros y se habían ido concentrando, generación tras generación, en vivir la vida noble y palaciega que, con sus altibajos, les ofrecía la nobleza española. En cambio sus primos, los Moctezuma mexicanos, no habían podido gozar de este privilegio; después de la Independencia y de la Revolución y de varios gobiernos revolucionarios, vivían en una considerable incertidumbre legal y genealógica, metidos en una maraña, en una rebambaramba de la que voy a presentar, por ser parte integral de la historia de Su Alteza, una pequeña muestra en *cut & paste,* que fue publicada en aquel artículo sobre la princesa Xipaguazin y su tesoro en el Pirineo:

*Los mil y tantos herederos mexicanos de Moctezuma, los auténticos y los opinables, reclaman hoy su tajada del imperio azteca; a algunos les basta con saberse poseedores de unas gotas de sangre real, pero otros, que miran con más practicidad el parentesco, reclaman lo que, según ellos, se les debe de la «pensión Moctezuma», una partida mensual de dinero que el gobierno mexicano otorgaba a los miembros de esta distinguida estirpe desde la época del Virreinato hasta el año de 1934, cuando el presidente Abelardo Rodríguez decidió cortarla por lo sano.*

*Los miembros de la estirpe contemporánea de Moctezuma cargan con unos nombres kilométricos que son imprescindibles para sacar a flote ese apellido clave que los distingue; por ejemplo, el de esta señora: María de los Ángeles Fernanda Olivera Beldar Esperón de la Flor Nieto Silva Andrada Moctezuma, cuyo padre, Fernando Olivera (y aquí otro apellido kilométrico), recibió hasta 1934 una pensión de 413,59 pesos y después, como el recorte del presidente Rodríguez le pareció arbitrario e injusto, interpuso un amparo [...] como el asunto de la «pensión Moctezuma» puede todavía dar algún coletazo legal, y los nexos familiares con el imperio azteca siguen granjeando cierto caché, la rebatiña llega, periódicamente, a las páginas de la prensa. En septiembre del año 2003, el diario mexicano El Universal publicó esta noticia: «El Estado mexicano adeuda las tierras que en 1526 los españoles reconocieron como propiedad de los herederos de Moctezuma Xocoyotzin, también conocido como Moctezuma II». Jesús Juárez Flores, abogado y marido de Blanca Barragán, una de las herederas, explica en aquella nota que «el caso de la deuda a los Moctezuma no está cerrado, porque el gobierno de la colonia española lo inscribió en el Gran Libro de la Deuda Pública, y la deuda pública es imprescriptible. Simplemente se ha dejado de cobrar desde 1934, por lo que el gobierno mexicano debe, sumado a la gran deuda, casi otro siglo de intereses. Es una cantidad para volverse locos». Blanca Barragán, que pertenece a la decimoquinta generación de herederos, dice que tiene en su poder «la documentación necesaria para ganar un juicio al Estado mexicano por concepto de la deuda».*

Pero la historia de Su Alteza Imperial había sido radicalmente distinta, no había habido incertidumbre legal ni maraña genealógica, ni ninguna clase de rebambaramba, pues el penúltimo Grau Moctezuma, su padre, era un hombre de negocios que pertenecía a la alta burguesía barcelonesa y que ignoraba intencionalmente su linaje, porque la cosa azteca, por su tufo primitivo, le daba un poco de vergüenza. Por otra parte, estaba muy orgulloso de su catalanidad, y se servía bastante de las relaciones que esta le proveía, y para disimular su parte azteca firmaba Grau M., y remataba con un Roig, que era el apellido de su madre.

Su Alteza Imperial Príncipe Federico de Grau Moctezuma nació en 1938 en el palacete del barrio de Pedralbes que era entonces la casa de sus padres. Tuvo una infancia insulsa y mimada; era un niño rodeado de sirvientas y preceptoras, porque sus padres tenían una agitada vida social, y todo lo que le decían o él decía era, por norma, en inglés, incluso en las conversaciones con la señora Martínez, su madre, que no hablaba una palabra de inglés pero se valía de una traductora para que su hijo recibiera sus mensajes en la lengua que su padre, Federico Grau M. Roig, había impuesto en casa. Según el príncipe, su infancia inglesa en el barrio de Pedralbes formaba parte del operativo de su padre para extirpar la inconveniente M de su pedigrí, pensaba que educándolo en otra lengua y amputando el Moctezuma de su apellido lograría que su hijo fuera un catalán hermético, escorado hacia lo británico, sin nexos con los excéntricos aztecas. De hecho, Su Alteza fue bautizado como Federico Grau Martínez, ya con la molesta partícula debidamente extirpada, o más bien integrada en la M del apellido de su madre. Y el «de» que usó, entre el Federico y el Grau, durante su vida adulta fue un añadido para resaltar su cuna noble que, gracias a su posición de privilegio ante el poder, fue integrado a posteriori en sus documentos oficiales.

Cuando cumplió dieciocho años, en 1956, fue enviado a la Universidad de Oxford y ahí pasó tres años dando bandazos entre la Filología Inglesa y la Historia del Arte, hasta que, en 1959, se cruzó la muerte de su padre y él, como era hijo único, tuvo que regresar a Barcelona a hacerse cargo del negocio familiar; cambió su vida bohemia de estudiante en Oxford por la vida de oficina que le tocó en herencia y que, como descubriría inmediatamente, era un desastre que trató de recomponer durante meses hasta que comprendió que lo más que podía hacerse ahí era conducir, de forma más o menos ordenada, la ruina.

Su regreso a Barcelona fue traumático, a la ruina del negocio que le tocaba administrar se sumaba la mala salud de la madre, que, liberada de la tiranía británica que había impuesto durante años su marido, se quejaba todo el día en español y le decía, y le gritaba y le reclamaba y le increpaba todo aquello que no había podido decirle directamente durante toda su infancia. Viniendo de Oxford, Barcelona le parecía a Su Alteza oscura y provinciana, y pasaba largos ratos encerrado en su despacho, que había sido de su padre, hojeando el periódico o algún libro de pintura, pero, sobre todo, bebiendo whisky hasta el desfallecimiento. Un día se acercó hasta la puerta de su despacho la lavandera que servía en el palacete desde que él era un niño; era una señora bajita y morena que se apareció de improviso, acompañada de su nieto, que era un muchacho bajito y moreno como ella. Su Alteza se servía el cuarto o quinto vaso de whisky cuando el par apareció en la puerta, todavía le faltaba otro tanto para entrar en la fase del desfallecimiento, y se encontraba a medio camino entre la lucidez y la tontería, y desde esa medianía, cuya base era una efusiva festividad, los invitó a sentarse y a contarle qué era aquello que los llevaba por ahí, y poco le faltó para ofrecerles a la viejecita y al niño un whisky, cosa que no hizo por la forma en que lo miraron, «con una solemnidad que todavía hoy me escuece», me dijo textualmente el príncipe cuando me contaba este episodio. La mujer le explicó, sentada frente a él, del otro lado del escritorio, y custodiada por su nieto como si fuera un guardaespaldas, que pertenecía al éxodo azteca del Sacromonte, que se había separado del séquito de Toloríu años después de la muerte de la princesa Xipaguazin, hija del emperador Moctezuma II, y que estaba ahí para cuidarlo a él, el auténtico heredero del imperio azteca en España. Su Alteza Imperial se echó a reír, él era Federico Grau Martínez, Kiko para los amigos, empresario barcelonés, exalumno de Oxford y catalán de toda la vida, pero media hora más tarde, cuando la mujer le había expuesto con detalle el linaje al que pertenecía, apoyándose en documentos que demostraban que su padre le había escatimado el apellido Moctezuma, Kiko Grau estaba asombrado, tan serio como ellos, y radicalmente sobrio, gracias a la honda impresión que le había causado lo que acababa de saber. La mujer le contó que se había hecho pasar por lavandera para cuidarlo durante la infancia y que durante sus años en Oxford habían llegado a pensar que la rama de los Moctezuma en España se había acabado para siempre, pero que en cuanto regresó habían pensado que era el momento de contárselo todo y de invitarlo a retomar su apellido Moctezuma y los privilegios y las responsabilidades que este conllevaba. Aquella información dejó al joven Federico convertido en un lunático, erró durante una semana pensando en lo que le convenía y al final ganó la rabia contra el padre, una furia contra ese hombre que le había amputado la mitad de su identidad y, en un acto de asesinato metafórico típicamente freudiano, decidió que recuperaría el apellido Moctezuma, al que tenía derecho, y que asumiría con responsabilidad el papel que le imponía su estirpe.

El nieto de la lavandera, que permaneció de pie, como guardaespaldas, durante aquella primera entrevista, era el mismo factótum Crispín que desde entonces lo cuidaba y vivía con él, lo servía y le freía sardinas en el inmundo bohío de Motzorongo, Veracruz.

# Scherzo

Su Alteza Imperial Príncipe Federico de Grau Moctezuma iba por España, en los años sesenta, como el auténtico y único heredero del imperio azteca. Cuando se enteró de su noble linaje, ese que con tanto esfuerzo le había escatimado su padre, reorientó su vida hacia la recuperación del tiempo perdido, hacia el recaudar toda aquella riqueza que, de no haber sido por la confidencia que le había hecho la lavandera, no hubiera tenido oportunidad ni de oler. Porque después de reflexionar un poco sobre lo que acababan de revelarle, antes de desfallecer frente al último vaso de whisky, alcanzó a vislumbrar que todo aquello, más que una historia excéntrica y más que un linaje que vendría a ponerle sal a su vida, escondía una riqueza que él estaba llamado a explotar. Al día siguiente de la revelación, el nieto de la lavandera, ese muchacho receloso que se iría convirtiendo en su factótum, puso la primera piedra de la metamorfosis de Federico Grau Martínez al llamarlo, en un cruce de pasillos, entre el comedor y su despacho: Su Alteza Imperial. El título fue veneno puro para Federico y a partir de ese momento, de esa epifanía fonética, el príncipe había tomado la decisión de abrazar su recién recuperada nobleza hasta sus últimas consecuencias. Por otra parte, además de la ilusión que le producía su noble responsabilidad histórica, era cierto que el negocio de su padre era una ruina y que él, más pronto que tarde, se vería obligado a maniobrar para conservar el palacete y una renta que le permitiera seguir pagando al servicio y las enfermeras que pastoreaban a su madre, que, ya para los comienzos de esa década, había perdido un setenta y cinco por ciento de su razón habitual, y no hacía más que pasearse por la casa diciendo parlamentos ininteligibles punteados, de vez en cuando, por la muletilla una y otra vez reiterada: «como dice Federiquito».

El trashumar de la señora Martínez me recordó, inevitablemente, los arrebatos de locura que sufría la princesa Xipaguazin, aquellos que la llevaban a salir corriendo sin rumbo por la montaña, y así se lo hice ver al príncipe cuando, muy concentrado en un punto fijo donde coincidía un vidrio roto de la ventana con una vistosa cagarruta de paloma, me contaba los pormenores de su juventud. En cuanto le hice ver la similitud entre esas dos mujeres fundamentales de su vida, concediendo que una corría frenéticamente por los bosques y la otra prácticamente se arrastraba del sillón al despacho de su hijo, declaró con mucha solemnidad y con un principio de crispación que le dilataba las fosas nasales que era imperativo descartar la cosa genética, pues su madre, la señora Martínez, no tenía, fuera del coito del que había nacido él mismo, nada que ver con la rama Grau Moctezuma.

Pero yo no estaba pensando en la genética cuando se lo hice ver, sino en la casualidad y quizá, ¿por qué no?, en un oscuro talento de los Grau que

redundara en la locura de las mujeres que los rodeaban. En cuanto expresé esta teoría Crispín me miró con cara de asombro, y al mismo tiempo dio un
golpe accidental a la sartén donde freía una cabeza
de sábalo que fue a dar al suelo, y que durante los
últimos diez minutos había conseguido ahumar, y
aromatizar, toda la casucha y buena parte de la
selva que teníamos alrededor. Su Alteza Imperial,
que hasta entonces había estado concentrado en
la cagarruta de paloma de la ventana, zanjó, con una
furia súbita y, desde mi punto de vista, gratuita, el
tema de las mujeres de su familia; manoteó con vehemencia mientras me decía que la comparación de
Xipaguazin con su madre podía tener bases estéti-
cas, pero que la hipótesis de que los Grau enloque-
cían a sus mujeres era una verdadera arbitrariedad.
Después de su tajante declaración el príncipe se
quedó descolocado, estaba rojo y sudoroso y al ma-
notear se había enmarañado las greñas y el bigote
y se había desalineado el corbatín; parecía que en
lugar de aclarar un punto acabara de rodar por las
escaleras. Pidió una copa de vino para serenarse y me
ofreció una a mí, «la peor grosería que puede ha-
cérsele a un huésped es no ofrecerle una bebida alcohólica», dijo mirando con severidad a Crispín, que,
atendiendo a los deseos de Su Alteza, había dejado
la cabeza de sábalo para servir vino, de un tetrabrik,
en dos copas de cristal fino que tenían una gran M,
idéntica a la de la librea del factótum, esa M que su
padre le había escatimado al príncipe y que se había
convertido en la letra capital de su existencia. Con
la copa de vino en la mano, y afinando nuevamente los ojos sobre la enorme cagarruta de paloma que

manchaba su ventana, me contó que él, cuando ya había logrado colocarse dentro de la nobleza española, fue uno de los invitados en la comitiva de una visita que había hecho el general Franco a Cadaqués, a la casa del pintor Salvador Dalí. Al dictador le encantaba rodearse de figuras de la nobleza porque, como se ha dicho en alguna parte de esta historia, se sentía bastante allegado a esa estirpe y pensaba que del contacto reiterado podría algún día sobrevenir el contagio y, si no, cuando menos aparecía su imagen en las revistas convenientemente arropada, y en la década de los sesenta Su Alteza Imperial arropaba bastante, era un hombre alto y guapo y con una nobleza muy palpable que le venía de ultramar. Nada que ver con el viejo en que se había convertido, con ese hombre excéntrico que me contaba sus aventuras desde su butacón rojo, bebiendo su vino a traguitos, mirando sin tregua la cagarruta de paloma y pasando, de vez en vez, una mano cariñosa y tembleque por la cabeza labrada de león que le servía de reposabrazos. Su Alteza me contó que el pintor Dalí ofreció en su casa un extravagante sarao; su simpatía por el dictador era bastante conocida, y también su debilidad por todo lo monárquico, así que él, que además de la cosa monárquica tenía el magnetismo de la otredad que le insuflaba su origen azteca, simpatizó inmediatamente con el anfitrión, que los esperaba, en el momento del recibimiento, muy elegante, de traje, corbata, sombrero y bastón, metido hasta la cintura en su alberca de aguas verdes, que tenía la forma y los recovecos propios de una vulva. En lo que Su Alteza Imperial contaba esto el factótum, cada vez más mosqueado, servía dos porciones de arroz, con un pedazo de cabeza de sábalo, en unos platos que ostentaban también la M de Moctezuma, y que podía apreciarse parcialmente por la forma en que había sido distribuida la comida. Su Alteza me explicó el origen de su blasón, que no era el original del emperador Moctezuma, que probablemente no había existido nunca, ni tampoco el de la princesa Xipaguazin, que, por insistencia del barón, sí que había tenido uno pero se había extraviado y no quedaba registro de las formas, los símbolos y los misterios que lo conformaban, así que una de las primeras acciones que había ejecutado el príncipe después de aquella epifanía en los pasillos de su casa había sido entregarse a la tarea de reconstruir el blasón familiar que distinguiera su recién desenterrada estirpe. Durante varias semanas de investigación febril, Su Alteza había ido recopilando elementos para su recomposición heráldica, consiguió libros con iconografía azteca, o mexicana a secas, y se dejó asesorar por la lavandera y por su nieto, al grado de que aceptó hacer un viaje al Sacromonte para presentarse como el auténtico heredero de la princesa Xipaguazin y de paso llegar a un consenso con los herederos del séquito sobre los elementos que debía incluir el nuevo blasón, ese que llevaría el factótum en su librea y que decoraría vajillas, tarjetas de presentación y una marea enorme de objetos y condecoraciones que ya iré describiendo en su momento. En aquel viaje al Sacromonte, Su Alteza Imperial fue recibido por esa tribu, que compartía cuevas y destino común con los gitanos, que era en rigor el pueblo azteca que había logrado quedarse, instalarse y perpetuarse en España. La ceremonia, según Crispín, fue apoteósica; hubo cantos, incienso, despliegue de plumas y danza con conchas y cascabeles, aunque la cosa terminó, según apuntó divertido el príncipe, en un guateque flamenco, pues los vecinos se habían ido integrando con sus palmas, sus guitarras, sus bailes, sus vinos y su contagioso jaleo. Ahí, en aquella fiesta en las cuevas del Sacromonte, vio la luz la Soberana e Imperial Orden de la Corona Azteca, que nacía con sus inevitables amestizamientos, de la mezcla de aztecas y gitanos, de copal y vino tinto, de chirimías, violincillos, guitarras y palmeaores, un universo sincrético que los llevó a concluir que el blasón tenía que ser respetuoso e incluyente frente a aquel rico mestizaje, y una semana después Ricardo Ripoll, un famoso diseñador de Barcelona, presentaba una propuesta basada en todo lo que Su Alteza, con mucho lujo de detalle, le había contado. El resultado de aquella violenta fusión era el escudo que pervivía en platos y copas, y en el vestuario del príncipe y en la librea de Crispín, un elegante blasón que a simple vista era una M, pero que visto de cerca y con atención iba revelando poco a poco un águila volando hacia un sol (azteca), sostenido por unas montañas (los Pirineos) donde se adivina un castillo (el de Toloríu); entreverados con los sólidos trazos de la M podían también distinguirse una serie de elementos como un trío de cuevas (homenaje al Sacromonte), un penacho y una capa de plumas (homenaje al emperador, y de paso al hechicero), un caballo (homenaje a Canelo, el fiel compañero de Xipaguazin) y una guitarra flamenca (homenaje a los vecinos históricos). La explicación de todos estos símbolos surgió, en cuanto aparecieron el sábalo y el arroz, ese mismo día en que Su Alteza me contaba de su visita a la casa del pintor Dalí, y yo trataba de ir siguiendo la explicación trasladando el trozo de sábalo de un lado a otro del plato, para que no interfiriera con ninguno de los elementos del diseño. Después de aquella interrupción que había provocado la vajilla, Su Alteza reenganchó su relato en el momento en que Dalí, elegantemente vestido, les daba la bienvenida metido hasta la cintura en su alberca de aguas verdes, de aguas putrefactas con un intenso color a vida, a organismos bullentes y desbocados creciendo y reproduciéndose sin la censura del cloro, los alguicidas, los floculantes y los ecualizadores del pH, unas aguas en estado natural cuya imagen me recordó a la mala yerba, ese contundente organismo vivo que coloniza los espacios libres, y los que no están libres los aborda, los ocupa, se los agencia, asfixia a las flores, a los arbustos y a las lechugas para quedarse con su territorio, un canto brutal a la vida, una revolución contra la mesura, el equilibrio y cualquier gestión ordenada de las potencias de la naturaleza, que por cierto veía yo en todo su esplendor dentro de la choza de Su Alteza, que estaba permanentemente amenazada por la yerba y por las ramas y los filamentos que se metían entre las tablas de la pared y entre la pared y las láminas del techo y por las grietas que había en el suelo y por la ventana rota. Metido hasta la cintura en ese caldo de fuerzas desbocadas, que no por nada estaban contenidas por una gigantesca vulva (que por más que busco en Google no he podido encontrar), recibió el pintor Dalí al dictador Franco y a Su Alteza Imperial, los recibió hundido en ese caos que contradecía fuertemente su atildamiento personal, su impecable traje, su bastón y su sombrero, pero, sobre todo, la gomina con que peinaba su bigote, o mejor, con la que lo metía en cintura. Ese bigote, pensé aquella noche en el hotel, mientras revisaba las notas que había tomado durante la conversación, era la antítesis de su alberca, era la naturaleza llamada al orden por la química cosmética, justamente lo contrario del indomable bigote de mosquetero y de la greña loca de Su Alteza Imperial. En fin, que el príncipe llamó la atención del pintor, por su nobleza atávica pero también porque era visiblemente más alto y contundentemente mejor parecido que Franco y que los dos ministros enanos que lo acompañaban, y le llamó tanto la atención que surgió chorreante de la alberca y se fue directamente hacia él, a preguntarle quién era y a sorprenderse, con teatrales aspavientos, de su pedigrí imperial azteca.

Yo notaba que mientras más avanzaba el príncipe en la historia, más nervioso se ponía el factótum, que ya para entonces recogía los platos blasonados donde habían estado el arroz y el sábalo, y nos servía un poco más de vino del cartón, que a mí ya me había producido un inquietante ardor de estómago. Crispín veía acercarse, como quien espera una inevitable tempestad, aquello que Su Alteza estaba a punto de contar y que él mismo había presenciado, pues, en esos tiempos, a principios de los años sesenta, Crispín, que a pesar de haber nacido en una cueva, o precisamente por eso, era extraordinariamente pudoroso, formaba parte de la vida íntima, de la pública y de prácticamente cualquier cosa que hiciera su patrón.

Su Alteza Imperial hizo un despacioso recuento de la comida que ofreció el pintor Dalí, del que tomé nota pero que no consignaré aquí porque no contiene más que cháchara, chismorreo y episodios que no interesan, ni añaden nada importante al relato; se trata, digamos, de una comida estándar, estirada por el protocolo que rodeaba al dictador, hasta que el pintor se las arregló para explicar el método que utilizaba para tomarle el pulso a su salud y que consistía en revisar cada día minuciosamente sus heces y a partir de su olor, pero sobre todo de su tonalidad y su consistencia, y del lugar que estas calidades ocuparan en una escala que iba del claro al oscuro y de lo duro a lo harinoso, el pintor tomaba las medidas salutíferas pertinentes. Ni el dictador ni ninguno de sus ministros hicieron comentarios, aunque recibieron la anécdota con apertura y alegría, según contó Su Alteza para inmediatamente abundar que él mismo sí que hizo no solo comentarios, sino que articuló con el pintor una conversación sobre el tema que llegó hasta los postres, momento en que Gala, la mujer y apoderada del pintor, se llevó al dictador y a los ministros enanos a tomar el café al *atelier,* donde había un montón de cuadros recién paridos que podían verse y eventualmente comprarse, y dejó a Su Alteza, y a su factótum, con un exultante Dalí que les contaba, o le contaba a él, porque Crispín asegura que volteaba para otro lado, todos los detalles y secretos de ese método que el mismo pintor se había inventado, pero que coincidía punto por punto con el acercamiento personal que tenía Su Alteza a sus propias deposiciones, aunque a él no se le había ocurrido, hasta aquella comida en Cadaqués, sistematizarlo. Y al decir esto Su Alteza Imperial quitó sus ojos de la cagarruta de paloma que manchaba la ventana y los posó en los míos, con una picardía que me hizo reír, con un brillo juguetón que contenía escenas comprometedoras, que bien debía conocer Crispín, alrededor de la sistematización de sus heces. Antes de que yo pudiera preguntar nada, empezando por interrogar al factótum Crispín sobre el exagerado nerviosismo que le provocaba esa anécdota más bien infantil, me dijo que Dalí y él habían desarrollado tal intimidad, muy intensa aunque se veían muy poco, que un día le llegó a su palacete de Pedralbes un lienzo al óleo muy pequeñito donde el maestro había trenzado un par de figuras turgentes que podían ser dos torres, dos víboras, dos falos o dos cagarros, dos elementos que apelaban a la amistad, y que desde el muy personal punto de vista del pintor, y quizá porque de la inclinación y de los ángulos de las dos figuras podría salir la M de Moctezuma, representaba a la Soberana e Imperial Orden de la Corona Azteca, y dicho esto le hizo una indicación al factótum para que sacara el cuadro del arcón donde lo tenía escondido y parcialmente protegido de las humedades, los yerbajos y las alimañas, y me lo enseñara. Y efectivamente, ahí estaba ante mis ojos un pequeño cuadro al óleo firmado por Salvador Dalí que, por detrás, tenía la siguiente inscripción, de la que tomé nota puntual: «A Su Alteza Imperial Moctezuma, de Su Alteza Imperial Dalí». Y luego la firma del pintor y la fecha: «1966».

¿Por qué me contó esto el príncipe?, me pregunté cuando pasaba en limpio estas notas, porque es verdad que la anécdota es inocua, es paisajística, es ambiental y de muy poca sustancia, y casi al instante reformulé, con una pregunta verdadera, ¿por qué cuento yo esto que me pareció, de entrada, insustancial y superfluo? Por varias razones, porque es un episodio que ilustra, de manera casual y colorida, la relación de Su Alteza con el dictador y los devaneos del dictador con la aristocracia y con los artistas que le eran afines, como era también el caso de Camilo José Cela, a quien ya abordamos hace unas páginas; y también porque evidencia el talento que tenía Su Alteza Imperial para la digresión y para el añadido, para asociar y contrapuntear anécdotas aparentemente dispares; quiero decir que al final cuento este episodio porque nos demuestra su habilidad para hilvanar historias, pues de esta narración más que la historia me interesa el hilván, el hilo con que van uniéndose unas partes con otras. ¿Por qué el factótum se ponía tan nervioso con el método salutífero que compartían Dalí y su patrón? Es un asunto que no he podido clarificar, las dos veces que toqué el tema Crispín se cerró sobre sí mismo y no hubo manera de sacarle nada. ¿Lo consideraba un gesto impropio del heredero del imperio? ¿Estaba involucrado y temía que yo me enterara? Quizá no es nada de esto y sencillamente la actividad le producía vergüenza, como hay a quien le produce vergüenza que le vean los pies.

Una vez que hubo oficializado, frente a los aztecas del Sacromonte, su estatus de legítimo heredero de la princesa Xipaguazin, y que hubo concebido el escudo de armas del imperio al que representaba, Su Alteza Imperial se puso a cabildear, entre la burguesía barcelonesa, para ver de qué manera podía orientar esa oportunidad que le había caído del cielo, o más bien que le había llegado, como un regalo de los dioses prehispánicos, desde la lavandería de su propia casa.

La situación económica del negocio que le había dejado su padre lo obligaba a tener frecuentes contactos con el mundo empresarial; estaba empeñado en sacarle a aquella ruina una última tajada y pensaba que la mejor manera era vendiéndosela a otro empresario que tuviera interés en rescatarla. A estas alturas de la historia, ya se ha transparentado que el príncipe no era precisamente un hombre de acción, sino un individuo tendiente a la vida cómoda que exigiera pocas fatigas, como lo había demostrado en su errático paso por Oxford, donde más que estudiar se había dedicado a cultivar un entramado social que le sería de inestimable utilidad cuando se viniera abajo el proyecto que estaba a punto de emprender.

Para empezar mandó hacer unos aparatosos tarjetones con su nombre, antecedido por el título

Su Alteza Imperial Príncipe y debajo, en abierta cacofonía: Soberana e Imperial Orden de la Corona Azteca. Luego articuló un discurso de corte social para explicar las particularidades de su historia, una cosa fundamental, porque en el mundillo barcelonés se le conocía como Kiko Grau, el hijo del empresario Federico, y se le ignoraba desde luego cualquier nexo con el antiguo imperio de ultramar. Al principio su discurso y sus aparatosos tarjetones causaron extrañeza y mucha hilaridad; era el año 1960 y la sociedad de Barcelona era bastante oscura y vivía herméticamente encerrada en sí misma, y en ese ambiente un noble azteca que hablaba inglés con impecable acento británico era poco menos que un marciano. Si aquello lo hubiera echado a andar una década más tarde, habría tenido más oportunidad de montarse en los vientos de libertad que llegaban de Francia, de Inglaterra y de Estados Unidos, y habría podido adscribir su nobleza azteca a alguna rama del jipismo internacional. Pero en 1960 no había nada de eso, no había coartada planetaria de la cual agarrarse, y la implantación de su nueva personalidad, al principio, no causaba más que risa, o pena, y su discurso imperial acabó disuadiendo a los dos o tres empresarios que podían haberle comprado el ruinoso negocio que le había heredado a su padre.

A pesar del desconcierto, las burlas y los descolones, el príncipe no estaba dispuesto a renunciar a esa misión en la que él, con todo y que era un descreído, veía la intervención de las divinidades prehispánicas. Su madre, en sus raros momentos de lucidez, y sus tías le decían que estaba loco, y lo mismo pasaba con sus amigos y sus conocidos, pero él perseveraba y pasaba los días ideando la forma en que podía colarse en la nobleza española, y también bebiendo whisky hasta el desfallecimiento en unas jornadas angustiosas pero altamente formativas, porque lo obligaron a pensar mucho, a inventar estrategias y a afianzar los lazos con la lavandera y su nieto, que no dejaban de animarlo para que siguiera adelante.

Más tarde, cuando su afición al whisky lo llevaba en volandas de un coctel a otro, en un estado deplorable y vergonzoso, y cuando toda la sociedad barcelonesa achacaba su pedigrí azteca a los efectos del *delirium tremens,* recibió una llamada de uno de los secretarios de Francisco Franco, el jefe del Estado español, para invitarlo a uno de los famosos saraos que se ofrecían en El Pardo. Algún miembro de la raída aristocracia de Barcelona había contado en algún sitio la historia de Su Alteza Imperial, y aquello había llegado a oídos del dictador, ya se sabe, el mundo es enorme y vasto pero la burguesía es un pañuelo. Su Alteza asistió al sarao con bastante temor, más que nada porque le quedaba claro que a un dictador no se le puede decir que no; el motivo era claramente su nobleza azteca, puesto que el secretario de Franco había mencionado su título por teléfono, pero no lograba dar con una razón verdaderamente convincente, ni siquiera positiva; todo lo que lograba imaginar era que la nobleza nacional se había quejado con Franco de su impostura, aunque cuatro whiskies después ya admitía la posibilidad de que el dictador se pirrara por conocer a un heredero auténtico de la corona azteca. Cuando llegó frente a Franco, parcialmente borracho y sin embargo dueño de una impecable elegancia vertical, descubrió que sus delirios de grandeza alcohólica habían dado en el blanco y que el dictador efectivamente se pirraba por conocerlo. Pero no solo por el encanto que desprendía su nobleza ultramarina, sino porque, y esto Su Alteza lo entendió tiempo después, su título era muy conveniente para los planes de expansión que tenía el Estado español. Ya se ha contado aquí de los esfuerzos que hacía Franco por congraciarse con los países latinoamericanos, y que México, desde el año 1939, no tenía relaciones diplomáticas con España, así que lo que el dictador vio en aquel hombre recién llegado a la nobleza fue la primera pieza de la reconstrucción diplomática entre los dos países, el germen de una futura embajada o, cuando menos, un interlocutor de calidad entre los dos gobiernos. Franco no sabía, desde luego, de qué forma le había llegado el título ni que Su Alteza Imperial no había estado nunca en México ni tenía ningún contacto con aquel país, fuera de los descendientes del éxodo de la corte de Xipaguazin, que por más que se habían esforzado en mantener la pureza de su raza ya eran más españoles que aztecas, y sobre todo eran gitanos de las cuevas del Sacromonte.

Aquel sarao fue la entrada del príncipe en la nobleza española, después de hablar con el dictador fue llevado por doña Carmen, la primera dama, de corrillo en corrillo, para presentarlo como lo que en realidad era y, de manera oficial, sería a partir de ese momento: Su Alteza Imperial. Hora y media fue suficiente para echar a andar su nueva vida, y él mismo contaba, con una divertida malicia, que todo se consolidó en cuanto empezó a hablar inglés con un empresario de California que estaba en el sarao, y el dictador se acercó para enterarse de qué hacía ese rubio sonriente en su fiesta; el príncipe tradujo una breve conversación donde el empresario informaba que era el presidente de una fábrica de bolígrafos y que estaba en España cerrando un trato de importación, y Franco le respondió, valiéndose de los servicios de su improvisado intérprete, que no dudara en ponerse en contacto con él si en algún momento del proceso algo se le complicaba. Esa breve intervención, según Su Alteza, bastó para terminar de echarse al bolsillo al dictador, que era herméticamente monolingüe y sentía gran admiración por aquel que pudiera expresarse en otra lengua, esto sin descartar, desde luego, ni la razón política, que era también muy importante, ni el prestigio exótico que proveía a los saraos el noble azteca. Así que el príncipe salió de ahí convertido en el auténtico heredero del emperador Moctezuma, en el auténtico representante de la Soberana e Imperial Orden de la Corona Azteca, y como contrapeso a la inmensa fortuna que acababa de experimentar, tuvo que subirse a un traqueteante tren con destino a Barcelona, porque en aquel momento sus finanzas, las ruinas que le había legado su padre, estaban tocando fondo y no podía pagarse ni una noche de hotel en Madrid, ni un coche con chofer, que hubiera sido lo propio para un príncipe de su categoría. Pero en aquel viaje traqueteante vio con toda claridad que era la última vez que se vería expuesto a ese tipo de austeridad, porque en el sarao, de tanto ir de corrillo en corrillo, y de ir conociendo a la nobleza de abolengo, que era muy poquita, y a la nobleza cerril que se había inventado Franco, se había topado con el conde de Jumilla, que era el dueño de un viñedo al que el dictador había premiado con un título nobiliario, y que le había preguntado de golpe, antes de darle la mano para saludarlo, que si su Orden otorgaba condecoraciones y que, en ese caso, cuánto había que pagar para obtener una. Aquel viticultor le abrió los ojos, le hizo ver la tramoya económica que daba vida a la aristocracia y, como lo vio muy ansioso, enseñándole un hueco en su americana, a la altura del pecho, donde bien cabía otra condecoración, improvisó una cantidad estratosférica a cambio de la Cruz del Mérito de la Soberana e Imperial Orden de la Corona Azteca, una distinción que Su Alteza, rápido de reflejos como era entonces, se inventó ahí mismo. Aquel fue el verdadero origen de su nueva vida; el príncipe no hizo más que aprovechar, según explicaba él mismo desde su podrida cabaña en las profundidades de Motzorongo, las facilidades que brindaba la nobleza que, a la medida de su mediocridad, había inventado el dictador.

Esta revelación sobre la nobleza cerril que inventó Franco me dejó cavilando alrededor de esa vetusta institución, y en el momento de estar pasando en limpio las notas que había tomado aquella tarde me quedó claro que, en realidad, no hay más nobleza que la cerril, puesto que el primer rey de cada dinastía tuvo que inventarse su realeza, ni fue señalado por Dios ni su sangre era azul, se trataba de un espabilado que, exactamente como lo hizo el primer Valois, el primer Borbón o el primer Moctezuma, se inventó a sí mismo.

El viaje de regreso a Barcelona en aquel traqueteante tren, con la fosca noche desfilando al otro lado de la ventanilla, lo hizo Su Alteza en un estado de nerviosismo y ansiedad que lo llevó a beberse a traguitos una botella completa de anís que había comprado, porque no había más variedad, en la estación. Entre trago y trago, como si se tratara de las cuentas de un rosario, fue engarzando una idea tras otra hasta que tuvo un panorama completo, y azulado por los efluvios de la bebida, de todo lo que tenía que proyectar y, desde luego, ejecutar a una velocidad meteórica: acababa de vender una condecoración que no existía, de una Orden que acababa de inaugurar.

La lavandera y su nieto Crispín, que desde ese lejano día de 1960 no volvería a separarse de él, lo esperaban a la salida de la estación, en el vetusto automóvil de su madre, sentados solemnemente uno al lado del otro, como si supieran, o presintieran, que el heredero del imperio azteca, que avanzaba por la calle hacia ellos, trastabillante y serpenteando por los efectos del anís, acababa de poner, en el sarao al que lo había invitado el dictador, la primera piedra de su futuro. Aquel modesto comité de bienvenida era tan magro como el crédito que daba la sociedad barcelonesa a la aventura imperial de Su Alteza; sus amigos se reían de él, y los amigos de su padre se abochornaban cuando Kiko se abalanzaba sobre ellos para decirles, con los ojos inyectados de whisky, que él era el legítimo heredero del emperador Moctezuma. De familia no le quedaba más que su madre, que estaba loca y trashumaba todo el día por los pasillos, y dos tías esperpénticas, y el único apoyo con el que contaba, en ese momento triunfal en que se bajaba del tren, era con el de la lavandera y su nieto, su gente de confianza, el núcleo duro de ese hombre que, desde sus escasos veintitrés años, veía con nitidez el fulgor que se le venía encima.

Aunque no tenía todavía edad suficiente, Crispín estaba frente al volante; presentía que la auténtica intimidad con Su Alteza se fraguaría conduciéndolo a todos lados, conduciéndolo poco a poco y paso a paso a la gloria imperial que le esperaba.

Al día siguiente, sobreponiéndose a fuerza de carajillos de la avería que le había dejado su encuentro con el anís, Su Alteza se sentó en el despacho que había sido de su padre a revisar la iconografía mexicana que ya había consultado para diseñar su blasón, con la ayuda entusiasta, y la sapiencia azteca, de la lavandera y su nieto Crispín. Rápidamente dieron con un símbolo prehispánico que podía pasar por una cruz, y a partir de este, combinado con la M que había diseñado Ricardo Ripoll, idearon una condecoración y un documento que autentificaría la pieza y llevaría la firma churrigueresca de Su Alteza: S. A. I. Príncipe Federico de Grau Moctezuma, Grande de España y de México.

Ninguno de los tres sabía gran cosa de México, ni de los aztecas, pero Su Alteza pronto se dio cuenta de la paradoja que encarnaba su condecoración: la cruz era el símbolo de los conquistadores y quedaba rara en la parafernalia de un descendiente de Moctezuma, que era el gran conquistado. Pero el negocio estaba hecho y no había marcha atrás, había un hombre esperando su cruz, que además depositaría el dinero que costaba en los días siguientes; y, por otra parte, la Soberana e Imperial Orden era, como el blasón indicaba, una institución mestiza, «¿y qué mayor mestizaje que la cruz en un mundo sin Cristo?», me dijo Su Alteza cuando me contaba este episodio, antes de soltar una carcajada que le hizo derramarse la copa de vino en los pantalones, y luego echarle la culpa a Crispín por habérsela llenado tanto, y mientras reclamaba, furibundo y medio hundido en el cojín de su rojo butacón, vi que tenía la mitad del bigote, que era blanco como la espuma, pintada de vino, y que en la pared, dos palmos por encima de su cabeza, había una enorme mariposa negra, o quizá un murciélago, anochecía y las velas que había dispuesto Crispín sobre la mesilla que usábamos para descansar las copas no permitían discernir la naturaleza del bicho. «¿Le apetece una naranja malta?», me preguntó el príncipe ya que se hubo tranquilizado, y yo dije que sí, e inmediatamente después le pedí, para que no perdiera el hilo, que siguiera con su historia.

Así quedó cimentado el proyecto de la Orden y sus condecoraciones, que, para empezar, requería cierto capital, porque la pieza que acababa de vender, para ser creíble y verosímil, necesitaba tener el valor y los quilates de una joya. De manera que Su Alteza fue a visitar a don Ramón Mas, el director del banco que había tratado durante varias décadas con su padre, y que una y otra vez le había ofrecido un préstamo para que sacara a flote el negocio de la familia, que eran las Conservas Grau, una línea de latas de angulas, mejillones, berberechos y sardinas que durante años habían estelarizado el aperitivo de todas las familias de España, y que a causa de la competencia de otras marcas, y de la abulia en la que había caído el padre durante el tramo final de su vida, había ido perdiendo gradualmente su sitio y su prestigio, hasta llegar al nivel en que las había recibido el príncipe, el nivel mínimo de supervivencia, un estrato ínfimo en el que la producción apenas alcanzaba para pagar los salarios de una plantilla cada vez más diezmada de obreros añosos y del administrador, un viejo recto de una conmovedora fidelidad que aparecía todos los miércoles en el palacete de Pedralbes para informar de todo lo que la ruina les había arrebatado a un ausente Kiko, que pensaba en su linaje azteca y bebía whisky y oía el lamento del viejo como si fuera una lluvia pertinaz. Don Ramón Mas estaba enterado de la situación y, como tenía una deuda de honor con la memoria de Federico Grau M. Roig, que en los buenos tiempos le había hecho ganar mucho dinero, insistía todo el tiempo a Kiko para que aceptara un crédito que lo ayudara a reflotar la empresa, pues le parecía una lástima, y así se lo hacía saber, que la obra de su padre muriera de abandono e inanición. El príncipe se había negado sistemáticamente a aceptar el crédito, su proyecto vital corría en otra dirección, esperaba el momento para declarar la empresa en quiebra y deshacerse de aquella molesta morralla, ¿qué tenía él que ver con los mejillones?, ¿con las sardinas y los berberechos? Él era un hombre que había estudiado Filología e Historia del Arte en Oxford, el heredero del imperio más glorioso de ultramar, y montado en esa ola de autoestima apareció una mañana en la oficina de Ramón Mas para decirle que había decidido aceptar el crédito, que la empresa de su padre merecía otra oportunidad, y que confiaba en que pronto podría devolverle el dinero. Su Alteza pensaba, por supuesto, en las ganancias que prometía su lina-

je azteca, que ya para entonces, cuando la sociedad
barcelonesa se había enterado de la invitación que
le había hecho el dictador, comenzaba a experimentar un contundente viraje hacia el prestigio; la
idea era aplicar la mitad del crédito a las Conservas
Grau, y la otra mitad a las maniobras de despegue
de su Soberana Orden, aunque al final lo que pasó
fue que, de todas formas, las conservas terminaron muriendo de abandono e inanición porque,
nuevamente, ¿qué tenía que ver Su Alteza con ese negocio aceitoso y pestilente? ¿No era mejor vivir de los
privilegios que ofrecía su dinastía?

Después de diseñar la primera Gran Cruz, cuya confección había recaído en el taller de Filemón Permanyer, el mejor joyero de Barcelona, Su Alteza Imperial planteó a su núcleo duro, a Crispín y a la lavandera, la rareza de que, siendo heredero directo del emperador Moctezuma, se expresara con un marcado acento español, y sus cofrades con una musiquilla inconfundiblemente gitana. El príncipe estaba convencido de que la Orden ganaría mucha credibilidad si se expresaban con otro acento, y como el azteca era del todo inasequible optó por el mexicano, que, para el objetivo que se perseguía, era el sustituto natural, y la fuente de donde ese acento manaba eran las películas mexicanas que se veían en el cine en esos años. Así que, de manera paralela a la venta de condecoraciones y títulos nobiliarios, el príncipe echó a andar un taller doméstico de pronunciación mexicana a partir de una película que le compró a un distribuidor y que fue proyectada durante semanas, una y otra vez, en el despacho del palacete de Pedralbes. «Todo esto puede parecerle a usted pueril», se disculpó Su Alteza cuando, a causa de una pregunta mía, tuvo que abordar ese tema que, cincuenta años después, luego de vivir mucho tiempo en México, lo abochornaba. Mi pregunta había salido de un acta de la policía, donde se hace referencia, y se citan textualmente, a algunas de las frases que decía Su Alteza y que a mí, desde que las leí por primera vez, me parecieron extraídas de una película mexicana, y que el redactor del acta registró sin ningún comentario añadido, quizá para dejar asentado que durante ese interrogatorio el príncipe se había mofado de ellos, o había empezado a volverse loco, o a hacerse el loco para distraer la atención, etcétera.

En cuanto Su Alteza me habló de la puerilidad del método yo, efectivamente, estuve a punto de reírme, pero inmediatamente pensé en esos policías de elite a los que entrenan viendo series policiacas de la televisión, o esos políticos que aprenden a decir discursos mirando videos de Kennedy, de Lech Walesa o de Felipe González. «Puede parecerle a usted ridículo, pero no teníamos otro instrumento para aprender el mexicano —me dijo Su Alteza—. Además ha de tomar en cuenta que mi papel en la aristocracia española tenía mucho de representación, un gran porcentaje de teatro y de impostura, como lo tiene en realidad el de cualquier noble». Y mientras el príncipe reflexionaba en voz alta se desplazaba, entre sus pies y los míos, con cínica lentitud, un cuaqueche que, después de mirarnos a los dos con manifiesto aburrimiento, optó por mordisquearme los bajos del pantalón. El caso es que Su Alteza instaló un proyector en el despacho y, con una disciplina decididamente imperial, se sentó con su núcleo duro a repasar la película *Pepe el Toro* (Ismael Rodríguez, 1952). Se acomodaba cada uno en su butaca, y se iban aprendiendo los refranes, las muletillas, los modismos y las ocurrencias que decían en la pantalla los personajes de la película. «¿Y por qué no veían otras películas?», pregunté a Su Alteza inmediatamente después de que el factótum Crispín se apiadara de mí y echara al cuaqueche, antes de que terminara de romperme los pantalones. «Eran los años sesenta y en España no era fácil comprar una película que se había exhibido en el cine; lo de *Pepe el Toro* fue una suerte, no recuerdo muy bien cómo la conseguimos», dijo el príncipe estirando autoritariamente la copa que traía en la mano para que Crispín le sirviera más vino del tetrabrik.

Un mes más tarde Su Alteza citaba al viticultor de Jumilla en el palacete de Pedralbes para entregarle la Gran Cruz de la Soberana e Imperial Orden de la Corona Azteca. Para tan magno evento, ese acto con el que oficialmente empezaba su andadura en la nobleza, metamorfoseó uno de los salones del palacete en el salón de actos de la Orden, colgó un par de pinturas, que había conseguido con un anticuario, que tenían como motivo el imperio azteca, y pobló repisas y mesillas con objetos de cerámica mexicana, de aires prehispánicos, que importó, por sugerencia de uno de sus colegas de Oxford, de una tienda londinense especializada en piezas étnicas, de nombre Faraway, que años más tarde jugaría un modesto papel en la rocambolesca biografía de Su Alteza. Al momento de la entrega humeaban, en las cuatro esquinas del salón, cuatro piezas de copal, el incienso purificador prehispánico, y, como complemento, Crispín tocaba en la guitarra un fondo azteca ligeramente agitanado,

sospechosamente hispánico para ser prehispánico. Al final de aquel breve acto fundacional, después de que Su Alteza prendiera la Gran Cruz en el
hueco que el conde viticultor tenía en su americana
a la altura del pecho, y de que le entregara el certi-
ficado que indicaba que aquella condecoración era
auténtica, la lavandera colocó la aguja en el surco
de un disco del himno nacional mexicano, que había llegado de Londres como *bonus* en el cargamen-
to de la tienda Faraway. Luego hubo una escueta
convivencia alrededor de una copa de champán, y
eso fue todo, ahí empezó la parte diabólica de esta
historia que voy escribiendo y que ya va alcanzando
su ecuador, lo cual no deja de sorprenderme, pues
yo, en realidad, lo que quería era recabar datos que
me ayudaran a encontrar el tesoro de Moctezuma en
el Pirineo.

    La noticia de la condecoración del conde de
Jumilla se propagó rápidamente entre la nobleza nacional y, quince días más tarde, el marqués de Rubí,
un hombre que tenía la fábrica de mesas de billar
más grande de España, se apareció sin previo aviso
en el palacete de Pedralbes y pidió una audiencia
con Su Alteza Imperial. Como todo se iba haciendo
sobre la marcha y ninguno había previsto esa even-
tualidad, la cosa tuvo que resolverse en el despacho,
a las prisas y de forma anticlimática, porque el marqués de Rubí había sido interpelado a graznidos por
la madre loca cuando Crispín lo conducía, con lujo
de caravanas y genuflexiones, por los pasillos del palacete. Además, la conversación fue de un pragmatis-
mo mercantil que poco tenía que ver con la pompa y
el boato que se le supone a la aristocracia; el marqués

quería «comprar» una Gran Cruz, con esa crudeza lo dijo, y en cuanto Su Alteza, con la misma crudeza, le dijo lo que costaba esa distinción, empezó a sacarse de los bolsillos, con una crudeza todavía mayor, fajos de billetes para cubrir la cantidad de forma inmediata y en efectivo. Una vez concluida la operación, el príncipe ordenó unas copas de champán para introducir un poco de pompa en eso que parecía un trueque entre pescaderos, y ya con la copa en la mano, citó al marqués en cuatro semanas para la ceremonia de la imposición de la Gran Cruz. Hurgando un poco se enteró de que no había sido el conde de Jumilla, sino el mismísimo dictador quien le había sugerido al marqués de Rubí que se acercara a Su Alteza para obtener una condecoración; la dinámica era cristalina y quedó expuesta de golpe ante sus ojos: para vestir de condecoraciones a la nobleza cerril que Franco se había inventado, la Soberana e Imperial Orden de la Corona Azteca era el vehículo ideal; su lejana nobleza de ultramar, libre de toda fiscalización, tenía un margen del que todos podían beneficiarse.

Aquella visita intempestiva del marqués dejó al descubierto un montón de flancos que era imperativo cuidar y que estaban al aire por falta de tiempo porque, a partir del sarao con el dictador, todo empezaba a suceder a una velocidad vertiginosa. Para empezar Crispín, apelando a la memoria del gran emperador Moctezuma, mandó llamar a dos de sus primos del Sacromonte para que echaran una mano, y de paso para que en el palacete hubiera una notoria densidad poblacional mexicana. Su Alteza, por su parte, encargó un nuevo vestuario, se hizo camisas, americanas, batines y albornoces con la M de la Orden, y también batas y libreas para los miembros de su séquito; de su modesta experiencia en ese mundillo ya había sacado en claro que la aristocracia era, fundamentalmente, monogramas, oropeles y sobre todo displicencia, así que tomó la determinación inmediata de que nadie, fuera quien fuera, podía tener audiencia en el momento en que la pedía, como había sucedido con el marqués de Rubí, sino que se le concedería unos días más tarde, siempre por medio de un tarjetón y, en caso necesario, se utilizaría como argumento la apretada agenda de Su Alteza. Después de la segunda Gran Cruz, que fue entregada con un atrezo más completo, y que además fue consignada en las páginas del diario *La Vanguardia,* la vida social de Su Alteza experimentó un *upgrade* meteórico. Sus amigos, y los de su padre, lo veían ahora con una admiración sin límites y lo trataban con una grotesca zalamería, aun cuando, como su padre se había suprimido el apellido, ignoraban de dónde venía la relación con el imperio azteca. Incluso el señor Mas, el director del banco, veía complacido la explosión social del joven Kiko, y sobre todo su relación con el dictador, que, a la larga y según sus cálculos, podría dejarle al banco más beneficios que la devolución misma del crédito.

Todo cambió para Su Alteza Imperial, sobre todo la posición que pasó a ocupar en la órbita de las mujeres, que súbitamente empezaron a ver en él al partido ideal y comenzaron a acercársele, a hacerle conversación, a ofrecérsele y algunas incluso a arrastrársele, situación que él tomó con deportividad y desde luego mirando siempre su conveniencia, pues asistir de vez en cuando a una comida, a una cena o a una fiesta con alguna de las ricas herederas de las buenas familias de la ciudad apuntalaba su vertiginoso posicionamiento, aunque a la hora de pasar intimidad, situación que se repetía invariablemente con todas y cada una, él iba cumpliendo aleatoriamente y se reservaba el derecho de no cumplir, cumplir a medias o incluso de optar por el mutis. Crispín, su abuela y el éxodo que sobrevivía en Granada veían con cierto nerviosismo la frivolidad y el desapego del príncipe a la hora de relacionarse con las mujeres; tendían a pensar que lo conveniente era tener un heredero que encabezara la dinastía, aunque también pensaban que, con ese príncipe tan dado al guateque y a la francachela, lo mejor era dejar obrar a la naturaleza, no forzar el destino y comenzar a digerir que, muy probablemente, la saga de los Moctezuma había llegado a su punto final. «Más vale un punto final sólido, contundente, que un hijo de cualquiera de estas pedorras, que acabará despreciándonos», decía la abuela de Crispín cuando se trataba el tema de las mujeres que revoloteaban alrededor de Su Alteza.

En unas cuantas semanas el príncipe y su núcleo duro, que ya había sido ampliado con los primos del Sacromonte, habían logrado metamorfosear el palacete de los Grau en una suerte de embajada azteca en España, que muy pronto empezó a funcionar, a nivel social, como una representación diplomática; Su Alteza era invitado a todos los cocteles que ofrecían las embajadas en Madrid, y el Ayuntamiento, como hacía con los consulados que había en Barcelona, le había asignado una patrulla, con dos agentes, que resguardaban permanentemente el palacete. En los saraos de El Pardo, que era donde verdaderamente se definían las cuotas de poder, Su Alteza aparecía con una capa de plumas que encargó a una modista que había sido su novia pasajera, y un báculo con la M de su Orden en el pomo y, sobre todo, un porte de emperador de ultramar que provocaba grandes reverencias. En aquellos saraos, y en los cocteles y en las fiestas a las que asistía en Barcelona y, más que nada, en los que organizaba en su palacete, él y su núcleo duro, o séquito, como ya se autodenominaban a esas alturas, salpicaban su léxico con las expresiones mexicanas que habían aprendido en la película protagonizada por Pedro Infante. Cuando algo requería de una puntual explicación, Su Alteza decía con un sonsonete mexicano calcado del famoso actor: «Vamos a aclarar de un jalón el punto». Cuando alguien le decía algo dudoso, que requería de una confirmación inmediata, preguntaba, con el mismo sonsonete: «¿A lo macho?». Y una noche la abuela de Crispín, para afianzar su posición en el séquito, en mitad de una fiesta se paró delante de Su Alteza, y de la señorita que trataba de llevárselo descaradamente al huerto, y soltó un parlamento, trabajosamente memorizado, con el mismo acento que lo hacía una de las actrices de la película: «Ha de ser alguna resbalosa que te dio algún bebedizo y te trae azorrillado».

Muy pronto Su Alteza comenzó a amasar un considerable capital. Toda la nobleza española estaba interesada en las condecoraciones que ofrecía y la demanda era tal que tuvieron que diseñar una línea completa, a la cruz se añadió el penacho imperial, una pieza de oro con incrustaciones de zafiro; la medalla de Quetzalcóatl, que era una reproducción del dios prehispánico acomodado dentro de una rotunda circunferencia metálica, y que en la parte superior tenía las siglas L. S. I. O. C. A. (La Soberana e Imperial Orden de la Corona Azteca); y el gran collar de la Orden, una especie de rosario con cuentas de oro y plata que costaba una fortuna y se vendía como pan caliente entre la nobleza cerril que animaba las fiestas del dictador. También se produjo una pieza única, la corona, una suerte de diadema de oro con la M de la Orden en el centro, que Su Alteza le regaló a la mujer de Franco con motivo de su cumpleaños.

Como aquí la historia que voy contando empieza a acercarse peligrosamente a la ficción, y a mí me interesa que esto se mantenga dentro de los márgenes de la más estricta realidad periodística, voy a reproducir aquí otra parte de aquel artículo del que hablé al principio, donde el periodista hablaba del tesoro de la princesa Xipaguazin y tam-

bién, más brevemente y en unas cuantas pinceladas, de la vida que llevó Su Alteza a partir de la
reinvención de su dinastía, porque, llegados a este
punto, conviene preguntarse si este hombre, legítimo heredero de la princesa Xipaguazin, y del emperador Moctezuma, tenía derecho a reflotar su
estirpe, o si al hacerlo estaba cometiendo un delito y, en este caso, ¿cuál era específicamente el delito
que cometía? Quizá los delitos que años más tarde se le imputaron: estafa y apropiación indebida de
símbolos de la nobleza. Aunque esto último, bien
mirado, es un delito opinable, porque, en el origen,
ya lo hemos dicho aquí mismo, todos los nobles
son cerriles, y todas las condecoraciones y medallas de la nobleza son también un invento, valen en
la medida en que la gente cree en ellas, como fue precisamente el caso de la parafernalia azteca que propuso Su Alteza y que, durante más de una década,
fueron piezas canónicas de la nobleza española. Lo
de la estafa, que después empezó a agudizarse y mul-
tiplicarse, ya es otra historia, pero, antes de seguir
con las especulaciones, voy a presentar un fragmento de aquel largo artículo de periódico que, según
lo que he averiguado de primerísima mano con Su
Alteza Imperial, incurría en exageraciones, obvie-
dades e incorrecciones pero que, sin embargo, tiene datos importantes, construidos a partir de información
rigurosamente contrastada, como es el caso de este
fragmento:

> En 1960 [Su Alteza] otorgó al jurista José Cas-
> tán Tobeñas la condecoración de «Caballero del Gran
> Collar de la Soberana e Imperial Orden» que él repre-

*sentaba. Castán era entonces presidente del Tribunal*
*Supremo y, según cuenta Antonio Serrano González en*
*su libro* Un día en la vida de José Castán Tobeñas
*(Universitat de València, 2001), el connotado jurista*
*recibió la condecoración en su despacho, de manos de Su*
*Alteza. Serrano González concluye este episodio, que*
*aparece en la página 59 de su libro, haciendo notar*
*que esta condecoración ha sido extirpada del listado ofi-*
*cial de condecoraciones que Castán Tobeñas recibió a lo*
*largo de su vida. Lo mismo ha pasado con el resto de los*
*condecorados: duques y marqueses que fueron investi-*
*dos por el escurridizo príncipe han ido borrando de su*
*historial cualquier contacto con la realeza azteca, con la*
*excepción del repostero Ramón March, que recibió,*
*aunque en realidad debe haberla comprado, la conde-*
*coración de «Pastelero de Honor de la Corona Azteca».*

Como puede verse en esta nota, llegó un momento en que la burbuja de la Soberana Orden estalló
y todos se apresuraron a borrar los nexos que tenían
con esta, pero para aquel estallido faltaban entonces
algunos años, los mismos que faltaban para que
Franco muriera y dejara desamparados a esos nobles
a los que había cobijado, y hasta inventado, y que el
Borbón al que dejó al frente no podía consentir.

Aquella comida en casa del pintor Dalí, al
principio de la década de los sesenta, cuando el dictador estaba profundamente encandilado con su noble azteca, sirvió también para reconducir el proyecto de la Orden, porque Su Alteza, lúcido como era
entonces, sabía que su estatus, en términos prácticos,
era en buena medida un capricho de Franco, y sobre
todo de su mujer, y que su supervivencia en la no-

bleza iba a acabarse el día que la señora se aburriera de él, o encontrara otro noble más atractivo o exótico, por eso aprovechaba esas incursiones sociales de, digamos, Estado, para buscar un asidero, una ruta de escape cuando, inevitablemente, llegara el derrumbe. En aquella comida, además de la conversación con Dalí, que es lo que hoy más le interesa a Su Alteza, se reencontró con Robert Brodsworth, un antiguo compañero de Oxford, que entonces era curador de la Tate Gallery de Londres, y que estaba en esa comida con la intención de convencer a Gala, la mujer de Dalí, de montar una gran retrospectiva del pintor. No queda claro por qué el dictador español y el curador de la Tate confluían precisamente el mismo día en la casa de Dalí, aunque el príncipe opina que Gala solía juntar los eventos que le daban pereza para resolverlos en una sola sesión, y es probable que así fuera, pues recibir a Franco no debía parecerle muy excitante, y la propuesta de Londres le parecía menos atractiva que el par de cosas que tenía vistas en Nueva York. Brodsworth, me contó el príncipe, se quedó pasmado cuando vio a su condiscípulo de Oxford entrar al lado del dictador, con una capa de plumas, su báculo con el blasón de la Orden y un porte noble que, desde luego, nunca había salido a relucir en la universidad; no estaba enterado, claro, del pedigrí azteca de su amigo, y en lo que Dalí y Franco se enzarzaban en un diálogo trivial, repleto de ñoñeces y zalamerías, Brodsworth iba oyendo, boquiabierto, la historia familiar de Su Alteza y la forma en que su padre le había escatimado el apellido Moctezuma. Brodsworth, además de curador de la Tate Gallery, era también Gran Maestre de los Templarios de Inglaterra, una Orden que venía desde la Edad Media y cuyos estatutos, acciones y procedimientos han permanecido en la bruma durante siglos, y sin embargo en esa época, a pesar de la bruma, y debido a que entre sus filas había personajes importantes de la industria y la política, los templarios ingleses eran un grupo de poder que realmente influía en los destinos del país. Ahí mismo, al calor del aperitivo que bebían a la vera de la vulva de aguas verdes, Brodsworth invitó a Su Alteza a formar el Capítulo Ibérico de los Templarios, pues veía en él tres condiciones capitales: su gran ascendiente social, su cercanía con el poder de su país y su amistad con él. El príncipe, según contaba, se entusiasmó al principio porque se trataba de un título añadido al que ya tenía, que potenciaría su lustre y su renombre: Su Alteza Imperial Federico de Grau Moctezuma, príncipe de la Soberana e Imperial Orden de la Corona Azteca y Gran Maestre del Capítulo Ibérico de los Templarios. Pero un rato después, cuando bebían un segundo aperitivo todavía a la orilla de la gigantesca vulva, vislumbró, en la oferta que le hacía su condiscípulo, una tabla de salvación para el caso de que, como ya preveía, esa Orden que por herencia le correspondía cayera en desgracia. En aquella comida quedó pactado su ingreso a la Orden del Temple, y un mes más tarde Su Alteza viajó a Londres a formalizar el asunto, en una ceremonia de la que naturalmente, por el secretismo que suele rodear a esas congregaciones, no quería soltar prenda.

«¿Y sigue siendo usted templario, Su Alteza?», le pregunté dos o tres veces, en momentos en que lo había visto distraído, medio caído en su sillón de terciopelo rojo, con la compostura a punto de irse al garete, bastante achispado por el vino de cartón que iba bebiendo a sorbitos sistemáticos, y él, las dos o tres veces, mirándome desde el fondo de sí mismo, me dijo, textualmente y palabra por palabra, la misma frase: «Ya llegará el momento en que le pueda hablar más a lo claro». Y después de eso no pude sacarle ninguna información relevante sobre su pertenencia a la Orden del Temple, hasta meses más tarde, cuando, abrumado ante una contundente prueba que le presenté (la copia de un acta que me envió mi amigo de la alcaldía de Barcelona donde se le definía como «Gran Maestre del Capítulo Ibérico de los Templarios»), se vio obligado a hablar.

La segunda vez que me repitió esa frase, con la que se negaba a contarme su pasado, o presente, templario, me llamó la atención la partícula *más a lo claro,* un modismo raro, sobre todo en un hombre que hablaba español de España y, cuando me la repitió por tercera vez, guiado por una corazonada, compré la película *Pepe el Toro,* que era, según me había contado, el vehículo con que él y su séquito habían aprendido a hablar en español mexicano. Revisé los parlamentos hasta que di, efectivamente, con el personaje, Fernando Soto *Mantequilla,* que dice textualmente, y palabra por palabra: «Ya llegará el momento en que le pueda hablar más a lo claro».

Me quedé maravillado, acababa de dar con una de esas piezas que son la clave de la veracidad de las historias, no las fechas, ni los nombres, ni la descripción de las personas o de los lugares, ni ninguno de los datos sólidos y comprobables que suelen convencernos de que lo que se nos está contando es verdad; no, se trata de otra cosa, de algo mucho más sutil: de ese episodio nimio que, de improviso, se asocia y resuena con otro episodio nimio, y entre los dos generan un pequeño resplandor que nos indica que eso que se nos ha venido contando tiene una lógica contundente, un orden matemático, que todo está tejido escrupulosamente como solo puede estarlo la verdad.

La noche en que descubrí que aquel *hablar más a lo claro* era parte de esa película, supe que todo lo que me había contado, y me contaría, aquel príncipe decadente que pasaba el ocaso de su vida en el trópico, metido en una choza, era estrictamente la verdad.

Fui a comprar una botella de vino a un supermercado, en la ciudad de Córdoba, que está a cuarenta y siete kilómetros de Motzorongo. Había comido dos veces en la choza de Su Alteza, en «palacio», y beber vino de tetrabrik me había producido tal malestar, espiritual y físico, que no me importó hacer casi cien kilómetros de ida y vuelta para comprar una botella no muy buena pero de vidrio. Durante los meses que pasé en Motzorongo, entrevistando a Su Alteza Imperial, solía ir a Córdoba con frecuencia, para sentarme en un café, o comer en un restaurante o comprar periódicos que no llegaban a ese pueblucho en donde mis actividades se restringían a hablar con el príncipe y tomar notas que luego pasaba en limpio, en la tarde, en mi habitación de hotel, frente a una ventana donde la selva desplegaba todo su poderío; era levantar la vista del cuaderno donde escribía y quedarme hipnotizado con la vegetación fastuosa, con ese laberinto lleno de verdes, y de rojos y amarillos, que se iba enroscando sobre sí mismo hasta que se perdía en una mole indescifrable de maleza, en un agujero verde por donde se colaba todo aquel universo vegetal.

El día que llegué con la botella de vino en la mano, muy orondo, la verdad, fui interceptado por Crispín, que, sin dejarme saludar con propiedad a

Su Alteza, me condujo a empujones a la cocina y ahí me dijo, con una solemnidad que me dejó sin ánimo para replicarle nada, que el único vino que se bebía en palacio era el de cartón, porque era el que podían pagar, y no quería que Su Alteza se malacostumbrara, y, dicho esto, tiró mi vino, con todo y la bolsa del súper, al cubo de la basura. Crispín era muy exigente con las normas, sobre todo con aquella que decía, o cuando menos así lo argumentaba él, que el palacio, tanto en Pedralbes como en Motzorongo, era un universo autosuficiente que no necesitaba regalos ni dádivas del mundo exterior. Cuando volvió a decirme esto, en otra ocasión en que, para variarle a la habitual fritanga, había yo aparecido con medio kilo de chorizo que había comprado también en Córdoba, le pregunté directamente que de dónde salía el dinero para la manutención, una pregunta que puede parecer indiscreta, e incluso imprudente, si no se toma en cuenta que para entonces yo llevaba meses visitándolos y había desarrollado cierta simpatía por Su Alteza, incluso afecto; el asunto realmente me preocupaba y tenía la intención de sondearlo a ver si me permitía que los ayudara, pues, como ya he dejado traslucir, me daba pena la forma en que vivían, la cantidad de peldaños sociales que habían descendido desde los tiempos del palacete en Barcelona. El factótum me respondió, con su oscura dignidad, que en palacio se vivía de los remanentes de la fortuna de Su Alteza.

Un día, sin venir al caso y de manera inopinada, el príncipe comenzó a explicarme su incursión en la Orden de los Templarios, aunque lo hizo asépticamente, sin revelar ni un dato de más ni abundar en esas partes tenebrosas de su historia que a mí me interesaba escuchar. Mientras daba sorbitos a la copa de vino que le había servido Crispín, contó que después de un viaje a Londres donde Brodsworth lo había introducido en los vericuetos de su asociación secreta, había visto la conveniencia de contar con el respaldo de una institución tan poderosa. No creo necesario añadir que yo iba interrumpiendo a Su Alteza con todo tipo de preguntas, ¿qué fue lo que lo deslumbró?, ¿en qué consistía el poder de la organización?, y otras más que, aunque estaba seguro de que no iba a responderme, me sentía obligado a hacer, por si mis preguntas coincidían con un momento suyo de debilidad, por si lograba sorprenderlo con la guardia baja y conseguía que me dijera lo que yo quería. El príncipe lo contaba todo con una ligereza, con un estudiado desenfado que podía despistar, quiero decir que podía estar contando algo crucial, pero de forma tan etérea que podría uno pensar que no estaba contando nada interesante; y en aquella ocasión se sumaban al desenfado la copa de vino, con su ostentosa M, que sostenía con acusada displicencia, y la posición ladeada, escorada hacia el oeste, que mantenía sobre el sillón para evitar, según dijo con gran desparpajo, el dolor de almorranas que le sobrevenía cuando se apoyaba del todo en el cojín. Desde aquel escoramiento, que daba a su narración un engañoso toque de coquetería, me contó del interés que había despertado en Brodsworth, y en otros de sus colegas templarios ingleses, la historia del tesoro de Moctezuma que había enterrado Xipaguazin en el Pirineo. La narración de Su Alteza regresaba cíclicamente a ese tesoro que nadie sabe bien en qué consistía, ni si era un baúl o una bolsa de oro, y, ya puestos a objetar, pasando por alto las pocas referencias que de este había, tampoco quedaba claro que hubiera existido. Yo había llegado a pensar, en esos meses de intensa conversación, que lo del tesoro era un bulo soltado por él mismo para afianzar su pertenencia a la nobleza, y para generar a su alrededor un halo de interés extra, porque ya de por sí era un hombre sumamente interesante, tanto que a esas alturas de mi relación con él, y de esto me doy cuenta ahora que lo pongo por escrito, ya me interesaba menos el tesoro que su propietario histórico.

Brodsworth y otros dos templarios ingleses, cuyos nombres se habían perdido en algún meandro de su repleta memoria, llegaron un día al palacete de Pedralbes con el objetivo de constatar las calidades de la sede del Capítulo Ibérico, y una vez cumplido expresaron a Su Alteza su profundo interés por conocer Toloríu, el terruño de sus ancestros, lo cual puso al séquito del palacete en un dilema, pues el viaje al Pirineo, en aquellos años, requería de varias horas. El asunto acabó resolviéndose invitando a los templarios a pasar ahí la noche, para salir al día siguiente muy temprano rumbo a la montaña. Consigno esto porque me parece que en el desplazamiento de los templarios a Barcelona, y sobre todo en ese viaje que hicieron durante horas, por una tortuosa carretera, acogidos a la temeraria conducción de Crispín, se establecieron unos lazos que serían, más adelante, la salvación de Su Alteza. Previendo esos lazos del futuro, y siguiendo las instrucciones de su patrón, Crispín había montado un ágape en la casa de un vecino de Toloríu, que estaba cerca de Casa Vima, la masía donde vivió, terminó de enloquecer y murió la princesa Xipaguazin.

El último Grau Moctezuma tenía todavía mucha influencia en el pueblo, y algo también tenía Crispín, una influencia puramente emocional, memoriosa, histórica, porque los habitantes del pueblo seguían siendo los descendientes directos de aquellos que ya vivían ahí en el siglo XVI, exactamente en las mismas casas. Su Alteza era el descendiente directo del barón y de la princesa que arrastraba por el lodo los faldones de su gruesa capa roja, y Crispín, por su parte, era el descendiente directo del séquito, de ese grupo de aztecas que hacía casi quinientos años trashumaban por la única calle del pueblo, cubiertos con mantas y toscos gorros de lana, tiritando de frío, hendiendo con sus cuerpos la niebla espesa, siguiendo el rumbo lunático que les marcaba la princesa Xipaguazin.

A todo ese séquito vieron los vecinos en cuanto apareció Crispín, y también vieron en Su Alteza al barón, y sin romper esos hilos que anudaban el pasado con el presente, sin atentar contra esa constelación que salía de la memoria común, se sentaron todos a comer junto al fuego, mientras veían por un gran ventanal la saña con que la niebla se cernía sobre el pueblo, sobre ellos, se apersonaba para resguardar, dentro de ese espeso banco de nubes, los quinientos años de memoria que los contemplaban.

Brodsworth y sus amigos percibían todo aquello, comían cordero y bebían vino en un respetuoso silencio; «era un almuerzo místico», contaba el príncipe desde su sillón en Motzorongo, toda-

vía emocionado, y luego aclaraba que aquello era
tan espiritual que ya ninguno de los tres templarios
se atrevió a preguntar por el tesoro, ni siquiera cuando después de la comida, para estirar las piernas y
digerir el lechazo que acababan de comerse, caminaron por la zona, vibrando con ese paisaje que
emborronaba la niebla, con ese territorio que seguía casi virgen, casi idéntico, si se exceptuaba el
castillo derruido, el deterioro de Casa Vima y, sobre
todo, la destrucción de la iglesia que algún bárbaro
había perpetrado durante la Guerra Civil, con el correspondiente saqueo de esos documentos que Su
Alteza había logrado recuperar y de los que ya se ha
hablado hace unas cuantas páginas. Entre Crispín y el
príncipe, con alguna intervención de los vecinos,
que era puntualmente traducida al inglés, pintaron
a los tres visitantes un fresco de lo que ahí había
pasado, del deslumbramiento que había producido
en esa montaña la corte de la hija de Moctezuma,
y omitieron, por respeto a su memoria, la locura de
la princesa y su renuencia a vivir en el palacio del
barón. Al final Su Alteza introdujo el tema del tesoro, porque veía que los ingleses, ante tanto misti-
cismo, no se atrevían a preguntar y también, me
parece, porque el tesoro, como he dicho, era su gran
baza, y seguramente les dijo alguna generalidad,
algo que no los invitara a buscarlo pero que, al mismo tiempo, no les dejara dudas sobre su existencia. Aquel viaje fue un éxito cuyas secuelas explica-
ré más adelante, y antes de subirse al coche que
ya calentaba el diligente Crispín, echando una humareda por el escape que se añadía a la espesa niebla, Brodsworth dijo a Su Alteza, y al regidor y a su

mujer, que lo escuchaban atónitos en lo que les llegaba la traducción, que la comida y la historia que acababan de contarles los habían dejado, a él y a sus compañeros, profundamente conmovidos, y que deseaban ofrecer un donativo para reconstruir la iglesia, noticia que el regidor recibió con una gran alegría mustia, inexpresiva, porque la gente de Toloríu, «de aquel confín del Pirineo que fue de mis ancestros, suele ser de expresiones parcas», dijo Su Alteza, y luego palmeó para que Crispín nos sirviera más vino y, en lo que reaccionaba Crispín, cogiéndose con fuerza de la melena labrada del león, se dio la vuelta en el sillón para quedar escorado, con la misma coquetería, pero ahora hacia el este, y luego cambió de tema, pasó a hablar de las medidas que estaba adoptando el alcalde de Motzorongo para camuflar la prostitución, y yo, antes de que se olvidara completamente de la historia que acababa de interrumpir, lo interrumpí para decirle, «¿y después qué pasó? ¿Pagaron los templarios la reconstrucción de la iglesia?». Su Alteza, desde su pronunciado escoramiento hacia el este, se me quedó mirando con cierto descontento, había momentos en que no le gustaba regresar a temas que ya había visto como trascendidos, ni le gustaba revisar, ni incidir, porque había zonas pantanosas de su historial por las que preferiría no volver a pasar y Crispín, su fiel y celoso factótum, sabía cuáles eran esas zonas, y mientras el príncipe me miraba con descontento, Crispín se acercaba y, en lo que me rellenaba la copa, me hacía ver que mi indagación periodística comenzaba a ser ofensiva porque, a juzgar por el gesto de su patrón, estaba pisando un callo, estaba molestando, «está usted siendo violento y no crea que se ve *más piocha*», me dijo Su Alteza tratando de contenerse para no gritarme, echando mano de ese léxico que habían extraído, hacía cincuenta años, de la película mexicana, y me lo dijo con tal contundencia, que pensé que de verdad me había excedido con mis indagaciones, pero en eso Su Alteza reconsideró su escoramiento, se enderezó un poco hacia el centro del cojín y dijo que con gusto iba a continuar con la historia, y mirando a Crispín argumentó que en la que estaba a punto de contar no había nada malo, ni humillante, ni era sensato sentir vergüenza por un acontecimiento que había pasado hacía medio siglo, y en cuanto terminó de decir esto, un mechón de yerbajos que se colaba por debajo de la pared sufrió una violenta convulsión que desembocó en el parto, primero una patita, y luego la cabeza y la totalidad del cuerpo, de un temazate, un roedor espinoso que al vernos produjo un zumbido, como de aparato eléctrico, y luego se echó a correr rumbo a la puerta.

La palabra vergüenza, que con tan exquisita dicción había pronunciado el príncipe, me hizo esperar lo peor, es decir lo mejor y más carnoso para la historia que estaba empezando a escribir, pero no fue así; la anécdota que había disparado el descontento de Su Alteza, y el cabreo de Crispín, era uno de esos episodios cuyo protagonista mira con un recelo excesivo, con una lente que enfoca de manera exclusiva el hecho y deja fuera las variables que lo circundan, esa realidad contingente que también es parte indisociable del acontecimiento y sin la cual nada se entiende del todo. Crispín, que a pesar del cambio de rumbo de Su Alteza seguía muy molesto, salió de palacio argumentando que iba a comprar más vino, seguido de un sonoro y muy significativo portazo. Yo dudé, pensé que lo propio era alcanzarlo y ofrecerme a pagar el siguiente tetrapak, puesto que era por mi culpa que las reservas se vaciaban al doble de velocidad, pero me paralizó el recuerdo del rapapolvo que me había lanzado hacía unas semanas, así que no dije nada y me concentré en el relato de Su Alteza.

Los habitantes de Toloríu, que con tanto asombro habían asistido a aquella visita memoriosa y nostálgica, no olvidaban la promesa que había hecho Robert Brodsworth, el templario inglés, y esperaban que, de un momento a otro, llegara una cuadrilla a reconstruir la iglesia. Cada domingo iba un cura de Puigcerdà a decir misa y a impartir la comunión en ese templo destruido que no tenía techo, ni dos de sus paredes, y que olía a caca de cabra y a guano de vampiro, lo cual «era un insulto para el Señor», le decían cada semana al príncipe, por teléfono, en unas esforzadas llamadas que iban a hacer desde el pueblo de El Querforadat, en las cuales ellos, que eran normalmente tan discretos y callados, comunicaban sus ansias de que la iglesia quedara en condiciones para celebrar misa, y también manifestaban su extrañeza por lo mucho que tardaba en materializarse ese proyecto que con tanto entusiasmo había sido verbalizado por el templario inglés. Pero los templarios no habían vuelto a tocar ese tema, Su Alteza lo había insinuado en alguna ocasión e, inmediatamente, había notado que el proyecto de reconstrucción los ponía nerviosos, lo habían pensado con detenimiento, habían hecho números, o quizá aquella promesa había sido producto de la ilusión del momento, se trataba de un ofrecimiento lanzado a la ligera, espoleado por los vinos que se habían bebido y por la trascendencia histórica de aquel paseo donde el pasado y el presente estaban amarrados por hilos y nudos que saltaban a la vista y que no era necesario interpretar, ni colegir, ni imaginar, porque estaban ahí, bien visibles y palpables, con una presencia luminosa, y quizá por eso Brodsworth y sus amigos habían prometido aquello que Su Alteza, a la primera insinuación, se había dado cuenta de que no iban a cumplir.

Pero el príncipe buscaba conservar el prestigio de su linaje en Toloríu y, sobre todo, le interesaba allanar la posibilidad de un conflicto entre él y los templarios ingleses que de no atajarse rápidamente hubiera enturbiado la relación, y a Su Alteza le quedaba muy claro que la batalla que había que ganar con ellos no era esa, porque había, mirando al futuro, asuntos más importantes en los que podían ayudarle. El príncipe sabía dónde apretar y dónde aflojar, y le parecía muy evidente que los templarios representaban en su vida una vía de escape que habría que reclamar en cuanto fuera el momento, ni antes ni después. Así que Su Alteza se puso, él solo, a reconstruir la iglesia de Toloríu, hizo un gasto considerable, que en realidad era una inversión, porque en ese momento la situación económica de la Orden de la Corona Azteca era boyante, tenía dinero para emprender cualquier aventura, la venta de condecoraciones no dejaba de crecer, prácticamente no había noble que no tuviera alguna, y en los últimos meses el prestigio de sus piezas, y sobre todo la facilidad con que podían conseguirse esas distinciones, habían hecho que el mercado se extendiera hacia el mundillo de los empresarios, de los políticos, de los banqueros, de los negociantes prósperos (como era el caso del pastelero March, mencionado más arriba), de los médicos prestigiosos, de los artistas e incluso hacia cualquier persona que, aun siendo un don nadie, tuviera dinero para pagársela.

Su Alteza había pasado de ser el hijo inútil y dipsómano de un empresario arruinado a ser considerado como el soltero de oro, dueño de una gran fortuna, y a esto se añadía la pátina que le daba su pertenencia a una estirpe emblemática de la nobleza de ultramar. En esa época de expansión explosiva, aconsejado por Rufus, uno de los primos aztecas de Crispín, concibió el proyecto de añadir a las condecoraciones un territorio y su correspondiente grado en la nobleza. Habían pasado ya algunos años desde sus primeros escarceos, era 1965, y una idea universal circulaba por todos los saraos de Madrid y Barcelona, y por los bares, y los burdeles y las esquinas y las cabinas de autobús: la inminente colonización de la Luna. Los rusos y los estadounidenses llevaban tiempo tratando de ganarse uno al otro la carrera espacial, y la idea que flotaba en el ambiente, como un cosmonauta en el espacio exterior, era la de que, llegado el momento, la Luna pertenecería a quien lograra conquistarla. A partir de esta ocurrencia, que en aquel año ni era un disparate ni había nadie interesado en oponerse a ella, se comenzaba a fantasear sobre ese dueño hipotético que fraccionaría la superficie lunar y que haría una fortuna vendiendo predios, con vistas inmejorables de la Tierra, y en este punto era donde se disparaba la imaginación de los tertulianos, de los que iban a bordo del autobús, o estaban en el bar o en el burdel, hablando de esa posibilidad, de esa fantasía de hacerse ricos vendiendo un pedazo de materia que el comprador, probablemente, no pisaría nunca. No se trataba, desde luego, de una especulación muy seria, ni muy rigurosa, ni demasiado atada a la realidad, era, como digo, una ocurrencia; sin embargo, vistos los avances del programa espacial ruso, no era difícil que pronto llegara un cosmonauta a la Luna e inmediatamente después un especulador de bienes raíces se instalara ahí a hacer su agosto. Se trataba pues de una historia que servía para conversar, para echar a volar la imaginación, para encarnar, en una atractiva pieza mental, la imaginería provocada por el exceso de júbilo o de copas.

Pues aquella historia de los predios en la Luna encendió la efervescente imaginación de Rufus, el primo de Crispín que era también parte de la diáspora de la corte de Xipaguazin y que, a diferencia de su primo, que había vivido su infancia en un apacible palacete de Barcelona, había pasado su niñez en las cuevas del Sacromonte, recibiendo los rudimentos de su linaje azteca, matizados por la educación vital, y tremendamente efectiva, que le obsequiaban sus vecinos gitanos. Rufus había crecido con una chispa y una malicia que no tenía Crispín y aquello, de puertas para adentro en el palacete, había sido inmediatamente identificado por Su Alteza y, en buena medida, aprovechado, aunque más tarde acabaría arrepintiéndose de haberle hecho tanto caso.

La vida en el palacete de Pedralbes había cambiado en los últimos años, la madre trashumante que caminaba por los pasillos de una habitación a otra había sido internada en un asilo, y lo mismo había pasado con la abuela de Crispín; el espacio doméstico había acabado transformándose en un territorio eminentemente ejecutivo en el que se hacían negocios, se cerraban transacciones y, sobre todo, se hacían ceremonias de corte azteca para imponer medallas, collares, o para entregar galones y báculos de la Soberana e Imperial Orden.

La mano de Rufus en aquel periodo del palacete fue determinante, tenía más agallas que Crispín y muchos menos escrúpulos que Su Alteza, y lidiar con aquella maraña socioeconómica era para él no solo muy fácil, sino altamente placentero. Parecía que Rufus había nacido para regentar una Soberana Orden; todo lo hacía con soltura y naturalidad, iba de arriba abajo, uniformado de librea, organizándolo todo, saludando a gente, cobrando con impecable elegancia las condecoraciones y a veces, porque su instinto así se lo indicaba, hacía un descuento, o daba una facilidad de crédito, o hasta regalaba un plus, un pilón, repitiendo su línea favorita de la película que les servía de referente de la lengua mexicana: «Guardando la lana que eso es galantería de la casa». Por otra parte, a su primo Crispín, que se sentía cada vez más desplazado por aquel oligofrénico al que él mismo había llevado al palacete, le decía, con más frecuencia de la que podía tolerar: «Usté cállese la buchaca y quédese a cuidar la factoría», y dicho esto salía detrás del príncipe, con una entrega y una lambisconería que volvían a Crispín loco.

La vida había cambiado mucho en el palacete, empezaba a vivirse al filo del peligro, por decirlo suavemente. Un día antes de que se reinaugurara la iglesia de Toloríu, Rufus subió al pueblo a colocar la placa, esa que sigue ahí hasta el día de hoy y que ya he mencionado anteriormente, esa donde se indica que ahí había muerto la princesa Xipaguazin, en tal fecha, y que iba firmada, para desconcierto de los vecinos, por los Caballeros de la Orden de la Corona Azteca y por un tal *chevalier* L. Vilar Pradal de Mir.

A esas alturas me quedaba ya muy claro que la aventura templaria de Su Alteza era un simple añadido, un satélite mínimo que brillaba, como una luciérnaga, detrás de su enorme prestigio imperial, era *just business,* según me confesó otro día, cuando yo quería tirar más del hilo, para encontrar una explicación lógica a esa placa estrambótica que pudiera contar aquí, pero resulta que, como sucedía a menudo con la historia de este señor, había explicación pero no era lógica, y en el caso de su extravagante apodo templario, Pradal de Mir, he pensado que el príncipe sabía que se estaba metiendo en un lío muy gordo y que, con ese mote que él juraba que era requisito indispensable para el Gran Maestre del Capítulo, buscaba borrar las huellas, crear una cortina de humo, sembrar pistas falsas por si acaso.

Desde luego que un periodista de raza no escribiría los episodios que no se pudieran comprobar, pero resulta que yo había llegado hasta ahí buscando el tesoro de Moctezuma, una actividad que requería de la exploración y el análisis integral del suelo, que no podía dejar fuera ni un palmo de tierra, aunque fuera una pista falsa, y desde esa perspectiva me parece que esta historia requiere de la misma exploración y del mismo análisis, y que no puedo dejar fuera episodios por el simple hecho de no poder comprobarlos: fueron narrados por la fuente original y por esto deben figurar aquí. Al final todas las historias tienen una parte incomprobable, una zona oscura, un territorio dudoso a partir del cual se van articulando; de otra forma, sin esa zona oscura, sin ese contraste, la verdadera historia, la verdad, no tendría ninguna relevancia: carecería de resplandor.

Aquella patraña de la carrera espacial entre Rusia y Estados Unidos, que tenía como botín el agenciamiento de la Luna, ocupó, como he dicho más arriba, buena parte de las conversaciones en mitad de la década de los sesenta, pero sobre todo irrumpió, de una manera violenta, dentro de la cabeza de Rufus. Quizá sea el momento de decir que Rufus es, físicamente, más gitano que azteca de la diáspora de Toloríu, a diferencia de Crispín, que podría ser mexicano y que tiene esa tristeza ontológica, que quizá sea una alegría encerrada en el interior, que no tiene Rufus el gandaya, el gamberro, ese hombre de talante juvenil, en perpetua explosión, que hoy tiene sesenta y tantos años y que te recibe en la prisión de La Roca del Vallès, donde purga una condena que se ha ido alargando por su pésimo comportamiento, con una mirada asesina que es difícil de sostener. Aclaro esto porque según Crispín, y lo mismo decía su abuela, el éxodo de Toloríu nunca se ha contaminado y hasta la fecha mantiene, casi cinco siglos después, su pureza de sangre cien por ciento azteca. Pero a mí, a simple vista, porque desde luego no he recurrido al análisis genético ni tengo una sola prueba, me parece que, cuando menos en la rama de Rufus, algún gitano del Sacromonte se coló en esos siglos de pureza; no añado más y continúo. Rufus se obsesionó con la idea de parcelar la Luna, pensaba todo el tiempo en estrategias para ganar más y más dinero y, con una frecuencia enfermiza, presentaba a Su Alteza proyectos de expansión, en unas sesiones que efectuaba cada lunes el núcleo duro y que consistían, invariablemente, en una encendida propuesta de Rufus, que era sistemáticamente torpedeada por Crispín y respetuosamente escuchada por Su Alteza, quien, mientras los dos primos se hacían de palabras y casi llegaban a las manos, se iba sirviendo vasitos de whisky que liquidaba de un solo envión al estilo de los *cowboys*. La tirantez que había entre los primos dotó al palacete de auténticas intrigas de palacio, pues uno y otro aprovechaban los momentos en que estaban solos con el príncipe para afianzar su posición, procurando debilitar la del otro, y Su Alteza simplemente se dejaba querer, dejaba florecer su indolencia natural y analizaba con frialdad, sin reparar en los sentimientos del hipersensible Crispín, aquello que consideraba que le reportaría más dinero. Cuando Crispín sostiene que Rufus fue el culpable de que la Orden se hundiera, se refiere a los proyectos riesgosos que proponía y que el príncipe aceptaba «a ciegas», pero no toma en cuenta que el «aceptar a ciegas» implica también la responsabilidad del que «no mira», y tampoco toma en consideración esa indolencia, esa languidez con que Su Alteza iba por la vida y que, en aquellos años, fue la condición necesaria para meterse en esos líos que terminaron arruinándolo.

En una de aquellas sesiones Rufus planteó que las distinciones que vendía la Orden, para que tuvieran un verdadero fundamento, deberían ir respaldadas por un territorio que le permitiera al príncipe nombrar marqueses, duques, condes, etcétera. Para responder a los rabiosos cuestionamientos de Crispín, y a la mirada de interrogación que lanzó Su Alteza, explicó que esos territorios estarían físicamente en los antiguos dominios del imperio azteca y que serían un añadido casi casi simbólico, pues al interesado le bastaría con ser, por ejemplo, marqués de Tláhuac o conde de Zacatenco, y difícilmente estaría interesado en ir a conocer su marquesado, que por otra parte sería, y así se le advertiría en el momento de la venta, un territorio simbólico del tamaño de un patio. Al final Rufus argumentó que su idea estaba inspirada en el proyecto que tenían los rusos y los estadounidenses de agenciarse la Luna, dividirla en parcelas y venderlas a clientes que no tenían intención de poner nunca un pie en su propiedad, pero que les serviría para obtener el lustre que daba poseer un territorio, con unas escrituras donde aparecerían coordenadas específicas en el espacio exterior, y, para reforzar su argumento, Rufus presentó un artículo de la revista *Time*, a la que Su Alteza estaba suscrito, donde aparecía esta historia y una fotografía del machote del contrato que se haría en el caso de que Estados Unidos llegara primero que los rusos a la Luna y, sobre todo, dando por buena la hipótesis de que la Luna, efectivamente, pertenecería a quien llegara primero, y de que fuera factible parcelarla y venderla. ¿Y cómo es que Rufus, un azteca, o gitano, de las cuevas del Sacromonte, se pudo enterar de esta historia en una revista que se editaba exclusivamente en inglés? Muy sencillo: antes de que su primo Crispín lo reclutara como miembro del séquito de Su Alteza Imperial, Rufus se dedicaba a camelar turistas que visitaban Granada, sobre todo a mujeres, porque entonces era un hombre bastante atractivo y, como bien se sabe, a los turistas, vengan de donde vengan, se les ha de camelar siempre en inglés y, de camelo en camelo, Rufus terminó hablando, y leyendo, la lengua de Shakespeare.

Aquel proyecto de las parcelas mexicanas terminó disparando la economía de la Orden, resultó que a los clientes, además de la medalla o el collar, o el báculo o el camafeo-penacho, les hacía mucha ilusión el título nobiliario, aunque este estuviera fundamentado en un territorio en ultramar del tamaño de un patio, y pagaban sin ningún reparo por ese plus que los convertía en condes y en marqueses en el acto. La idea del inquieto Rufus fue un éxito y durante un lustro completo, de 1965 a 1970, vendieron ciento cuarenta y tres títulos nobiliarios, con su parafernalia simbólica, su medalla, su báculo y unas ampulosas escrituras donde Su Alteza estampaba su firma, con el apellido Grau modestamente situado al lado de un Moctezuma aparatosamente destacado. Fueron cinco años de mucho prestigio, de mucha bonanza económica que poco a poco fue convirtiéndose en una auténtica fortuna. Para asignar condados, ducados y marquesados, Rufus y Su Alteza husmeaban en un atlas en busca de nombres prehispánicos, y de aquel importante esfuerzo toponímico, que acabó extendiéndose más allá del supuesto territorio que había ocupado el imperio azteca, salieron los ciento cuarenta y tres beneficiarios de la nobleza de ultramar. Don Julián Ruiz Sabugo (1899-1980), conde de Ayhacámpan, doña Rosa Quesada Flores (1936-), marquesa de Yahualica, don Átomo del Prado-Rey (1940-), duque de Atlazolpa; son algunos de los nombres que figuran en las comprometedoras actas que todavía conserva el Ayuntamiento de Barcelona, por si alguno de los agraviados, antes de que el caso prescribiera, se decidía a demandar, pero antes de la prescripción del delito llegó la discreta marcha del príncipe al más allá. De hecho, en sus momentos de baja autoestima, que de vez en cuando se presentaban, Su Alteza sostenía que Dios lo mantenía vivo por si alguien se decidía a llevarlo a la cárcel, y aquellos momentos eran, por cierto, los únicos en los que se acordaba de Dios.

De la multitud de nombres y títulos que inunda esas actas del Ayuntamiento de Barcelona he elegido, con toda la intención, el de don Átomo del Prado-Rey, por ser quien abrió las hostilidades contra Su Alteza, en un momento en que ya se le veía mucho el plumero y sin embargo nadie, quizá por esa aura de autoridad que tiene la nobleza, se había atrevido a ponerlo en evidencia. También es verdad que toda esa gente tenía ya lo que quería, un título nobiliario que de otra forma hubiera sido imposible de conseguir, pues todos descendían de comerciantes, de carpinteros, de policías, de pescaderos y carniceros, oficios todos sumamente dignos pero desde luego insuficientes para ser marqueses o condes de algo, y por tanto les daba lo mismo la legalidad de todo aquello, e incluso les convenía mantenerlo en la clandestinidad. Pero resulta que a don Átomo del Prado-Rey sí le dio por rascar en su título de duque de la Soberana e Imperial Orden y, como tenía un documento firmado, con las coordenadas precisas de su ducado en el antiguo territorio azteca, se subió en un avión rumbo a México Distrito Federal y, sin más ayuda que la del gerente del hotel El Diplomático, donde se hospedó, y la del taxista que lo llevó a la dirección postal que indicaban las coordenadas, dio con su ducado, que estaba en medio de un islote de casuchas de lámina y cartón, en un espacio donde no había ni un árbol, ni un matojo, ni una triste florecita, y aquella ausencia de vegetación le pareció a don Átomo flagrante, porque él llevaba meses imaginando su ducado con árboles, con algún que otro roble centenario, y a pesar de que se le había advertido de que se trataba de un territorio modestísimo, del tamaño de un patio, nunca se había imaginado que su posesión en ultramar sería tan horrible, tan árida y tan desarbolada, ni que tendría encima esas casuchas ni, claro, que de la que estaba asentada precisamente sobre las coordenadas que le pertenecían saldría un gordo furibundo a preguntarle que «qué se le había perdido» y que «a santo de qué miraba hacia dentro de su casa» con semejante insistencia, y que si no se largaba inmediatamente de ahí «le partiría el hocico». Don Átomo se retiró pacíficamente, abatido y con una sola coordenada mental:

hundir a Su Alteza Imperial, cosa que no llegó a hacer, aunque sí tiene el crédito de haberlo puesto, por primera vez, en la mira del abogado que al final le montó un caso.

Don Átomo llegó a digerir su chasco al bar del hotel, pidió coñac y se puso a repasar tan desagradable acontecimiento; al cabo de un rato llegó el gerente, llamado por la tribulación que despedía el cuerpo de su huésped pero, sobre todo, por el título de duque con el que se había registrado. Desde las primeras palabras que intercambiaron, don Átomo se dio cuenta de que en el centro de su desgracia había una grieta por donde se colaba la luz; el gerente se mostraba encantado con la oportunidad de tener en su hotel a un duque auténtico llegado de España y le proponía, si no tenía nada mejor que hacer, asistir a una cena con importantes políticos, empresarios y personalidades artísticas de aquella época, que se celebraría ahí mismo, en el restaurante panorámico del hotel. Aquella grieta por donde pasaba la luz, que don Átomo había visto en el centro de su negra desgracia, se manifestó con ímpetu durante la cena y le hizo ver que aquello de ser un duque español en México tenía un filón sumamente explotable. Por supuesto que no detalló, ni entonces ni nunca, la forma en que había obtenido su ducado ni, desde luego, las lastimosas condiciones en que este se encontraba. Don Átomo tenía una cadena de ferreterías con tiendas en Barcelona, en Madrid y en Bilbao, y a partir de aquella cena comenzó a hacer negocios con sus nuevos amigos mexicanos, que se mostraban encantados de contar con un duque que diera renombre a sus actos sociales.

La demanda que interpuso don Átomo a Su Alteza llegando a España dejó de interesarle muy pronto; su prestigio y sus negocios en México crecían rápidamente y llegó un momento en que decidió que seguir adelante con la demanda a Su Alteza significaría arriesgar su lucrativa posición de duque español en México, y acabó concluyendo que aunque el príncipe era, efectivamente, un chapucero, también lo había puesto, de manera ciertamente involuntaria, en la senda de una nueva vida y aquello compensaba con creces el chasco que se había llevado al conocer la siniestra realidad física de su ducado.

Hoy don Átomo recuerda todo aquello sin ningún rencor. Con la intención de redondear la historia que me iba contando Su Alteza, lo localicé en su oficina en México D. F., ciudad en la que finalmente se quedó a atender la expansión de su negocio, que muy pronto desplazó a la matriz española, que desde entonces lleva uno de sus sobrinos. Lo encontré en su oficina, en Atomex, una pujante compañía que vende herramientas y que se ocupa de distribuir por todo el país marcas tan prestigiosas como Bosch, John Deere, Reagan Brothers o Black & Decker. Yo estaba en Barcelona, tratando de pasar en limpio y ordenar el material de Motzorongo, y pensaba interpelar a don Átomo por teléfono, pero él insistió en que el Skype era mucho más cercano, y ya que lo vi en la pantalla, orgullosamente sentado en su poltrona de jefe, entendí que a sus setenta y tantos años era un hombre con una seguridad en sí mismo que tocaba lo impúdico. Don Átomo me contó todo desde el sillón de mando de Atomex, e incluso hizo un par de incursiones con su iPhone a dos sitios que él consideraba fundamentales para su apunte biográfico. Presumía mucho de su historia de hombre forjado a sí mismo y en cuanto supo que yo tenía la intención de incluirlo en un libro que pensaba escribir, se esmeró para que tuviera una idea completa de su aventura, aunque es verdad que el punto de partida de su fastuosa expansión, que es su opinable título de duque de la Soberana e Imperial Orden de la Corona Azteca, lo cuenta de manera matizada y sin darle la importancia que en realidad tiene, una cosa inevitable, pues ya se sabe que a la hora de las autobiografías nadie es capaz de sortear la tentación de recortar los flecos, limar las esquinas, cepillar las astillas y, si hace falta, amputar la cuarta parte; sin embargo, a pesar del matiz que aplicó a su paso por la nobleza azteca, accedió, a petición mía, a mostrarme por Skype el ramillete de casuchas donde, en su tiempo, había estado su ducado, pero antes, para no dar su brazo completamente a torcer, me llevó de visita virtual al hotel El Diplomático, a la barra donde se bebió aquel coñac fundacional, y, con la complicidad del gerente, que es sobrino de aquel que hace más de cuarenta años había percibido su tribulación, me enseñaron el restaurante panorámico donde don Átomo entró en contacto con dos empresarios mexicanos que lo salvaron «de las garras de la nobleza azteca», dijo textualmente don Átomo en su accidentada narración por salones y pasillos del hotel. Luego, una vez establecido por él mismo que lo valioso en su biografía era su parte empresarial, y no la noble, me llevó a su ducado y me transmitió más de la mitad del camino con la cámara de su teléfono, desde el asiento del copiloto del coche, que conducía su chofer. Yo iba mirando distraídamente esa transmisión mientras leía el periódico; en la pantalla de mi ordenador no aparecían más que coches, calles llenas de humo y los destellos intensos que enviaba el sol del D. F. a mediodía y que se multiplicaban en los espejos y en las carrocerías de los automóviles. Al llegar a su ducado, que era efectivamente un ramillete de casuchas de lámina y cartón, don Átomo me explicó que un año después del encontronazo con su posesión en ultramar arrasaron las casuchas originales (que no eran las que yo veía en ese momento en la pantalla) para construir un edificio del que don Átomo reclamó el porcentaje que le correspondía, pero al enseñar el documento que lo acreditaba como duque plenipotenciario de aquel pedacito, el abogado del constructor le había pasado el brazo por los hombros y le había dicho que del porcentaje ni hablar, pero que si quería, en el garaje del edificio, que era donde finalmente quedaría asentado su ducado, podían poner una plaquita conmemorativa, desde luego pagada por don Átomo. La plaquita fue colocada, pero, quince años más tarde, en 1985, a causa de un violentísimo terremoto, se cayó el edificio y los escombros quedaron ahí el tiempo suficiente para que su antiguo ducado regresara a su formato original de casuchitas de lámina y cartón, su formato original pero rigurosamente novedoso, pues las casuchas, según alcancé a ver en la accidentada transmisión que hacía don Átomo sosteniendo el teléfono y procurando no pelarse los tobillos con los cascotes que llevaban ahí tirados casi treinta años, los techos y las paredes se articulaban a partir de los escombros, se apoyaban en pilares derruidos, en montones de cascajo, en salientes metálicos retorcidos por los espasmos telúricos del terremoto, y ahí, en medio de aquel pandemónium de materia suspendida en plena transformación, don Átomo fue metiéndose con la cámara de su teléfono por vericuetos que en la pantalla de mi ordenador parecían las paredes intestinales exploradas por el tentáculo de un aparato colonoscópico, hasta que dio con la placa que se conserva aún, sobrevivió milagrosamente al terremoto, pegada al único pilar del edificio que quedó en pie, un pilar gordo e inamovible que sostenía, supongo que ayudado por una serie de satélites más esbeltos, la parte central del edificio, que era, según entiendo, la zona que ocupaba el ducado, puesto que la placa dice, textualmente: «Aquí estaban asentadas las posesiones de ultramar de don Átomo del Prado-Rey, duque de la Soberana e Imperial Orden de la Corona Azteca». Don Átomo, muy listo, se había dado cuenta muy pronto de que aquello de «duque de Atlazolpa», que tanto prestigio le había dado en España, en México más bien lo vulgarizaba y, sin ningún rubor, lo había extirpado de su título.

Varios días después de aquel *tour* virtual, volví a hablar con él para rellenar algunos huecos que habían surgido en cuanto me puse a escribir lo que me había contado. Me recibió otra vez por Skype en su oficina, respondió diligentemente todas mis preguntas, y aprovechó para enseñarme fotografías de sus hijos y de su mujer, y de una casa de campo que tenía cerca de Cuernavaca. La conversación era tan doméstica que me animé a preguntarle si podría ser que su apellido, Del Prado-Rey, fuera el origen de su querencia por la realeza. «¿Querencia? —preguntó extrañado—. De ninguna manera», zanjó, e inmediatamente después, como percibió que su respuesta me había parecido insuficiente, cambió de tercio y se puso a explicarme el origen de su nombre, Átomo, que le había puesto su padre en un arrebato de pasión por el filósofo Demócrito que había coincidido con el momento de su nacimiento. «¿Guarda usted alguna clase de rencor contra Su Alteza?», le pregunté antes de despedirme. Don Átomo se quedó un momento pensativo antes de contestarme, otra vez, que «de ninguna manera», que en todo caso sentía algo de remordimiento porque estaba consciente de que su abogado, siguiendo sus instrucciones, había ventilado públicamente los entretelones de la Orden, y que ahí había empezado el proceso que al final lo había «borrado del mapa de la aristocracia española», y dijo aquello con tanta pena que yo me sentí conminado a consolarlo, a decirle que Su Alteza Imperial había llevado una vejez con apuros económicos pero con una pompa y una prestancia que no hacía desmerecer «el pedazo de noble que había sido», dije yo, y en cuanto terminé mi exaltada declaración me quedé sorprendido por la forma en que la personalidad del príncipe me había ido ganando durante aquellos meses de conversación, aunque quizá debería decir que me había ido secuestrando, abduciendo, o a lo mejor sería más justo si dijera seduciendo, pues de buenas a primeras ese hombre que al principio me parecía un personaje tramposo y ridículo, que vivía de sus casposas glorias en una choza ruinosa en Motzorongo, se había transformado, a medida que me iba revelando su historia, en un hombre respetable.

¿Puede ser respetable un hombre que se hizo rico a fuerza de chapuzas con la aristocracia? ¿Su indiscutible pedigrí de noble azteca era suficiente para avalar esas chapuzas? Y vista con absoluta objetividad, ¿no es toda la nobleza una gran y descomunal chapuza? Estas y otras reflexiones provocaron aquella comunicación transatlántica con don Átomo del Prado-Rey y, antes de despedirnos, ablandado por la nostalgia y la culpabilidad, recordó con afecto el momento de su condecoración en el palacete de Pedralbes, y reconoció que en realidad el príncipe le había cambiado la vida. Al final preguntó: «¿Y sigue Su Alteza con ese noviecito mexicano?».

Efectivamente, la demanda que promovió el abogado de don Átomo en 1970 acabó con la inmunidad de Su Alteza. Franco había envejecido y había empezado a descuidar su agenda social; los saraos menguaban rápidamente y, para el tiempo de la primera demanda, el príncipe llevaba más de un año sin tener contacto con el dictador. El caso de don Átomo inspiró a media docena de quejosos que, aun cuando llevaban años lucrándose con su pertenencia a la Orden de la Corona Azteca, vieron la oportunidad de sacarle un dinero al noble de ultramar, bajo la misma base de las posesiones que no existían y cuya inexistencia no figuraba en el papel que los hacía condes, duques, marqueses.

Su Alteza Imperial tomó la primera demanda como un caso excepcional y con suficiente filosofía; en cuanto Rufus le informó del lío que se avecinaba, se sirvió otro whisky y esquivó deliberadamente el tema, pero una semana más tarde, cuando ya la noticia había calado en su círculo social, la cosa empezó a preocuparle, no demasiado, pero sí lo suficiente como para contratar él mismo a un abogado, un tiburón recomendado por el director del banco que después de oír la historia de la princesa Xipaguazin y su estirpe azteca, y la forma en que se había hecho rico, recomendó al príncipe que desapareciera de Barcelona una temporada, en lo que él trataba de calmar esas aguas por las que se movía, ya lo he dicho, como un verdadero tiburón.

El asunto es que las escrituras de las posesiones que daban derecho a título nobiliario estaban hechas al buen tuntún, habían sido redactadas por Rufus y supervisadas por Su Alteza, que entonces pasaba por un agudo periodo de autoindulgencia y de rampante displicencia, tanto que no había solicitado la intervención de un técnico, pues partía del supuesto de que los compradores, que eran todos conocidos, y algunos hasta sus amigos, sabían perfectamente que las posesiones de ultramar eran una argucia para hacerse con un título nobiliario, y a nadie, antes de don Átomo, se le había ocurrido reclamar su territorio. Pero está visto que las personas cambian y que las escrituras y los contratos permanecen, y a pesar de lo elemental que leída resulta esta verdad, Su Alteza no vio venir el desastre, probablemente a causa de esa rampante displicencia, o porque entre coctel y coctel no le quedaba margen para ese tipo de preocupaciones.

Por hacer algo al respecto le hizo caso a su abogado, decidió que iría a pasar unos días a Toloríu y mandó a Crispín y a Rufus, su séquito, a buscarle una casita donde pudiera ocultarse mientras amainaba la tormenta y así, de paso, podía husmear reposadamente en aquel territorio donde estaba el origen mismo de su peculiar genealogía.

Los vecinos de Toloríu son muy discretos y hablan poco, como he venido repitiendo, pero cuando sale al tema la temporada que pasó entre ellos Su Alteza Imperial, la cosa cambia. A partir del relato que me hicieron ocho vecinos que vieron con sus propios ojos la perturbadora metamorfosis que experimentó el príncipe Federico de Grau Moctezuma en el punto geográfico donde empezaba su genealogía, he reconstruido aquella etapa, que pretendía durar una semana, dos a lo sumo, en lo que el abogado calmaba las aguas, y que fue extendiéndose de manera, digamos, desenfrenada, aun cuando el abogado requería desesperadamente de su presencia en Barcelona. Desde que vieron cómo se bajaba del coche notaron que Su Alteza iba en estado *koyaanisqatsi,* iba ataviado con su báculo, su primorosa capa de plumas de colores y unas enormes gafas oscuras que le cubrían dos cuartas partes de la cara; aquel personaje que se dirigió trastabillando a la casa que su séquito le había alquilado tenía poco que ver con el hombre que tiempo atrás había reinaugurado la iglesia y había puesto la placa en honor de Xipaguazin. El príncipe era, sin duda, la personalidad más importante que podía visitar el pueblo, y los vecinos, en cuanto oyeron que el coche subía la última cuesta, salieron a recibirlo, pero no como quien oye que viene su tía, o el cartero, y sale de prisa secándose las manos con un trapo, o sosteniendo una pieza para las faenas agrícolas que estaba intentando reparar, sino con el recibimiento que se les dispensa a las grandes autoridades, todos vestidos con sus mejores ropas y cada casa con un presente de bienvenida, una caja de vino, una cesta de embutidos, una manta tejida con la lana de las mismas ovejas que ramoneaban por ahí los yerbajos que crecían entre las piedras del camino, una bienvenida llena de solemnidad y de admiración por el benefactor del pueblo, que encima era la punta de la estirpe que dotaba de espesor histórico a ese grupo de casitas perdidas en el espinazo de la montaña.

Los vecinos hicieron un semicírculo alrededor del coche y recibieron con mucha algarabía a Crispín, que descendió primero para abrirle la puerta a Su Alteza, que venía en el asiento de atrás, como corresponde a las personalidades importantes. Si el ambiente no hubiera sido tan festivo, los vecinos habrían notado en el gesto adusto de Crispín una invitación al repliegue, la sugerencia de que había que arriar tanta algarabía y guardarla para un mejor momento, si es que lo había, porque Su Alteza llevaba varios meses describiendo una trayectoria errática, bebiendo con un ansia que rayaba en el delito y diciendo imprudencias e improperios en cada uno de los microcosmos sociales que lo acogían en Barcelona. El comentario general era que a Kiko se le había subido la nobleza a la cabeza, pero ¿no es de la nobleza una condición *sine qua non* que se suba a la cabeza? ¿De qué otra forma, si no es intoxicado por la autosugestión, puede alguien sentirse noble? También estaba el ala práctica, que sostenía que todos sus desfiguros se debían a que Su Alteza estaba permanentemente alcoholizado. Pero, como se verá más adelante, las dos interpretaciones eran insuficientes; a Kiko efectivamente le había afectado la realeza, y su codeo con el poder, y desde luego bebía como un descosido, pero achacar a esos dos factores el estado *koyaanisqatsi* en el que llevaba meses instalado era constreñirse a la obviedad y al bulto. Más que los demonios del whisky y de la vanidad, lo que empezaba a operar en el interior de Su Alteza era lo que él mismo denominó, el día que abordamos este escabroso episodio, «el demonio de Moctezuma», una fuerza interior, que él ya detectaba desde antes de aquel viaje a Toloríu, que empezaba a convertirlo «en otra persona». Cuando empezamos a hablar de este tema, le pedí al príncipe que abundara sobre esa idea de convertirse en otra persona, pues me interesaba contrastar su punto de vista personal, de primerísima mano, con la narración de los ocho vecinos a los que había entrevistado exhaustivamente en Toloríu. Entonces me explicó que había pasado las últimas cuatro décadas dándole vueltas a lo que había experimentado en aquel periodo, y que había llegado a la conclusión de que después de ciertos años de un intenso contacto, a nivel emocional, físico y económico, con esa estirpe que su padre había intentado cercenar, se había abierto una puerta, un pasadizo, como si del primer al último heredero se hubiera abierto un túnel y por ahí se hubiera colado un demonio, precisamente el demonio de Moctezuma, y se le hubiera metido dentro. A esta explicación metafísica de Su Alteza yo, en mi calidad de investigador periodístico, debo añadir el dato, nada banal, de que en el archivo del Ayuntamiento hay documentos que indican, con una precisión en las fechas que no admite otra interpretación, que después de su larga estancia en Toloríu, y antes de salir huyendo a Londres, Su Alteza estuvo quince días internado en una clínica psiquiátrica, tratando de poner coto a su dipsomanía, y el diagnóstico que anotó el psiquiatra Arcadi Ros García el día del ingreso dice, con todas sus letras, «*delirium tremens*». Dicho esto, y consignada la explicación metafísica del príncipe, regreso al momento en que los vecinos de Toloríu, ataviados con sus mejores galas, y armados de exquisitas viandas y útiles complementos, miraban expectantes cómo Crispín, con su gesto adusto, rodeaba el coche para abrirle la puerta a Su Alteza, y en cuanto la abrió, salió de dentro primero un mocasín negro que tentaba dubitativamente el terreno, como si temiera que de un centímetro a otro pudiera abrirse un abismo, y una vez que el mocasín quedó asentado en la yerba, salió una mano anhelante, una orden muda para que Crispín ayudara a desatascar ese cuerpo que no podía abandonar el asiento por sus propios medios. Crispín, que era bastante más bajito y mucho más ligero que su patrón, tiró de la mano con energía pero tratando de conciliar la elegancia de su librea con la insalvable grosería de la maniobra, y lo que salió del coche fue Su Alteza con un vaso en la otra mano, enormes gafas oscuras y su despampanante capa de plumas de colores, una especie de Jimi Hendrix que dejó a los vecinos descolocados, mudos, ya sin la más mínima algarabía, e incapacitados para dar la bienvenida, o entregar los presentes, o hacer cualquier otra cosa que no fuera disimular que no lo estaban esperando sino que pasaban casualmente por ahí. Crispín se abrió paso entre los vecinos, arrastrando a Su Alteza, que daba dos pasos y se detenía en seco, quizá por miedo a encontrarse ese abismo que su pie no había podido tantear, y así, avanzando a trompicones como si estuvieran bailando un tango, desaparecieron por la puerta de la casa ante el pasmo de los vecinos, que, sin saber qué hacer, se quedaron ahí mirándose unos a otros, antes de irse con su presente en las manos y la cola entre las patas a cumplir con sus actividades del día, a cuidar el rebaño o a atender el sembradío, que era todo lo que había que hacer en Toloríu, una vida campesina radicalmente distinta a la que llevaba en Barcelona Su Alteza, que iba del bar del club de tenis a una mesa del Círculo Ecuestre, y de ahí a matar la tarde en una barra, siempre acompañado por dos o tres chicas de alcurnia, y por algún moscón que intentaba sacarle dinero para montar un negocio, y luego iban todos, o él solo, al compromiso nocturno, que podía ser un concierto, una cena, o más copas en otro bar, o en casa de alguien, y con frecuencia en su propio palacete, que era célebre por la cantidad de bebida y de mujeres, de todas las edades, que intentaban echarle un lazo a Su Alteza, de manera que lo primero que experimentó al entrar a la casa que le había alquilado su séquito en Toloríu fue una inmensa paz, aunque también angustia y un principio de *horror vacui* y una apabullante soledad, pero sobre todo paz, no tenía por delante compromisos ni agenda social que cumplir, así que pasó el resto de la tarde sentado en un sillón bebiendo y mirando la montaña, la espesura del bosque y el tejado de Casa Vima, la casa de su ancestro Xipaguazin, que podía verse desde ahí. Pasó la tarde mirando, con una intensidad para él desconocida, el paisaje que cabía dentro del marco de la ventana, no sabía, o quizá sí y por eso se exponía de esa manera, que la montaña por donde habían trashumado sus ancestros comenzaría a obsesionarlo, a enfermarlo, a meterlo en ese estado que el príncipe, después de reflexionar durante cuatro décadas sobre aquel suceso, identificaba como el tremendo demonio de Moctezuma.

Al día siguiente, en lo que Crispín preparaba unos huevos y Su Alteza se bebía un café bautizado con whisky para paliar la resaca de los tragos que se había bebido mientras se obsesionaba con la montaña, llegó uno de los vecinos a darle individualmente la bienvenida y la cesta de embutidos que no había podido obsequiarle el día anterior. Crispín recibió la cesta y agradeció el gesto en nombre del príncipe con la misma prosopopeya que desplegaba en el palacete de Pedralbes, pero atajó el intento que hizo el vecino de presentarse e intercambiar algunas palabras con el heredero del emperador Moctezuma, que estaba ahí mismo con una taza en la mano, completamente ajeno al entorno, a dos metros de distancia frente a la ventana, pero en realidad a una distancia de cuatrocientos cincuenta años en el pasado remoto de Toloríu. Lo mismo pasó con los otros vecinos que se fueron acercando con la misma intención, a darle la bienvenida y a dejarle un presente, y todos, sin excepción, fueron atendidos por el prosopopéyico Crispín, y no por Su Alteza, que atravesaba, según la explicación que daba su ayudante, por un momento de intensa reflexión.

A la hora de recordar lo que pasó el primer día de la estancia de Su Alteza en Toloríu, los vecinos coinciden en lo extraña que era la situación, pues don Federico de Grau Moctezuma era el personaje más importante del pueblo y siempre se había dirigido a ellos con sencillez y amabilidad, y había atendido respetuosamente sus peticiones. En su estancia anterior había reinaugurado la iglesia y su actitud no tenía nada que ver con la que desplegaba entonces frente a la ventana. Por otra parte, la noticia de la demanda de don Átomo del Prado-Rey había llegado hasta el pueblo, seguramente por boca de Crispín, que se sentía obligado a dar una explicación, aunque él lo niega rotundamente, y los vecinos achacaban su estado reflexivo y lunático a los problemas legales por los que atravesaba su Soberana Orden. Pero ese argumento se les quedó pequeño cuando el cura de Puigcerdà fue a celebrar la misa semanal y se encontró con la frustración de la parroquia, a la que se sumó la suya propia, por la ausencia del personaje más importante de la región.

Crispín trataba de sacar al príncipe de aquel estado, pero su rango de acción tenía los límites bien establecidos, era el sirviente y sus palabras, cuando rebasaban el ámbito de su jerarquía social, no surtían en Su Alteza el menor efecto, era lo contrario de lo que pasaba con su primo Rufus, que, a pesar de ocupar la misma posición, se relacionaba con el patrón de otra manera, más como un asesor, como un consejero que tenía la cercanía de un amigote, y era probable que él sí hubiera podido sacarlo de aquel abismamiento, pero la logística de la Orden exigía que Rufus permaneciera en Barcelona, cerca del abogado, para no dejar el negocio tan al garete mientras el príncipe se replegaba.

Veinticuatro horas al frente de la Soberana
Orden bastaron para que Rufus pasara de gitanillo
del Sacromonte a noble de ultramar de incuestio-
nable alcurnia. Tomó con gran confianza las rien-
das y empezó a dar instrucciones, a decidir y a actuar y, sobre todo, a participar, aunque Crispín
prefiere el verbo «usurpar», con notable energía de
la vida social que había quedado vacante. El abogado, siguiendo las instrucciones que había dejado Su
Alteza, le iba pidiendo documentos y le hacía preguntas y le contaba, de manera general, los avances
del caso, y también notaba, por el contacto diario
que tenía con él, que Rufus empezaba a desbordar
su agenda social, pues cada vez que necesitaba pedirle algo, un dato o un documento, no podía dar
con él, y cuando milagrosamente lo encontraba era
en unas condiciones que contravenían la seriedad
y el rigor que el caso exigía, aunque también era
verdad, y de esto era muy consciente el abogado,
que con Su Alteza le pasaba exactamente lo mismo.
Un día, inquieto porque necesitaba con urgencia
un documento, se apersonó en el palacete a esperar
a que despertara Rufus, porque ya había aprendido
que el único momento en que podían tratarse temas con él era dentro de ese brevísimo paréntesis
que se abría en cuanto Rufus despertaba y se cerraba cuando, a imagen y semejanza de su patrón,
daba el primer trago a su café bautizado con un
chorro de whisky. En ese brevísimo paréntesis tenía
que arreglarlo todo el abogado, tenía que ser expe-
dito y eficaz y sobreponerse a las ínfulas del gitanillo, que lo recibía siempre aturdido por la resaca y el
mal dormir, envuelto en un albornoz con el mono-

grama de la Orden, y casi siempre en compañía de alguna de esas chicas a las que Su Alteza les daba largas o directamente despreciaba y que él usufructuaba con gran fogosidad. Un día, mientras el abogado esperaba a que el representante de su cliente despertara, se puso a sonsacar a uno de los primos que trabajaba ahí y se enteró de un par de fiestas, legalmente comprometedoras, donde Rufus había armado condesas, marquesas y caballeras, y para oficializar aquello que difícilmente podía tomarse en serio había firmado los nombramientos, en los pliegos oficiales, en sustitución de Su Alteza. Se trataba de una payasada, de una argucia de Rufus para llevarse a las muchachas a la cama, a la condesa, la marquesa y la caballera a las que acababa de nombrar, y sin embargo, según la deriva que fuera tomando el caso, esos nombramientos de ficción podían convertirse en piezas letales que hundirían todavía más al príncipe, porque esos documentos eran la prueba de que en la Orden de la Corona Azteca, a pesar de su incontestable arraigo dinástico, reinaban el descontrol y el chacoteo, de que era una institución que, con esos deslices, no podía tomarse en serio. Gracias a la confidencia del primo, el abogado pudo recuperar los documentos y clausuró el peligro, que no era inminente y sin embargo bullía, estaba vivo y candente como un burbujeo de lava, y esto lo hizo llamar a Su Alteza, sacarlo de su abismamiento en Toloríu y obligarlo a ir a coger el teléfono al pueblo vecino de El Querforadat, para decirle que Rufus estaba poniendo la Orden en peligro y que era imperativo sacarlo de Barcelona, así que esa misma tarde llegó también Rufus a Toloríu, y se encontró con un príncipe abismado y un Crispín demacrado y ojeroso de la desesperación.

Ahí fue donde en realidad comenzó el mitológico exilio de Su Alteza en el terruño de sus ancestros; en cuanto llegó Rufus el ánimo se fue para arriba, se acabó el enfermizo postramiento frente al ventanal, pero se acabó demasiado tarde, pues Su Alteza ya se había contagiado, de tanto mirar la montaña y la flora y la escenografía en general por donde habían trashumado sus antepasados, ya se había infectado del demonio de Moctezuma, le había pasado eso que proponía Nietzsche el filósofo, una idea que, siendo honesto, leí en el epígrafe de una novela, quiero decir que se trata de una idea que el novelista había puesto al alcance de sus lectores, que no necesariamente leemos al filósofo: «Cuando miras largo tiempo a un abismo, el abismo también mira dentro de ti».

Esa es precisamente la idea: cuando Rufus llegó a Toloríu ya el paisaje miraba también dentro de Su Alteza, y muy pronto, como si se tratara de un virus expandiéndose dentro de los organismos vivos, comenzó a mirar dentro de Rufus, e incluso dentro de Crispín, que era, de los tres, el más apegado a la realidad.

Ahí empezó, como digo, ese episodio que los habitantes del pueblo recuerdan hasta sus más mínimos detalles, el evento más deslumbrante que haya vivido Toloríu desde la época del barón Juan de Grau y la princesa Xipaguazin, aunque también hay que decir que en Toloríu, fuera de esos dos periodos y del episodio de violencia que sufrió la iglesia durante la Guerra Civil, no ha pasado nunca nada.

Su Alteza salió por primera vez a la intemperie en cuanto Rufus hizo su aparición; llevaba quince días recluido, postrado y abismado frente al ventanal y por alguna razón, sobre la que nadie me ha
dicho nada relevante, volvió súbitamente a la vida,
pero con ese paisaje que había contemplado durante quince días mirándolo por dentro. ¿Cómo se
conduce uno con un paisaje que te mira por dentro? ¿Como si no hubiera límite o frontera entre el
paisaje y el cuerpo que lo mira, lo pisa y lo respira?
¿Como si se tratara de un todo hecho de la misma
sustancia? ¿Como si el pie que pisa fuera parte de
la yerba que lo sostiene y el árbol, del ojo que lo mira? Estas y algunas otras preguntas le hice al príncipe
con la intención de clarificar lo que sucedió, y al
final decidí que mi deber era, nuevamente, consignar los hechos tal cual, sin explicaciones, pues ya
son por sí solos bastante claros, sumamente floridos y muy raros, y baste decir que a veces llega el
momento en que las cosas revientan, viene el estallido y todo se reordena de acuerdo con la nueva geometría, y donde había un cubo nos queda, por decir algo, una flor, y montado en esos pétalos salió el
príncipe de su abismamiento, con su capa de plumas de colores mustia de tanto estar sentado en el
sillón, estirando los dos brazos al cielo para desen-
tumirse, para quitarse de encima esos días de observación y riguroso encierro, y fundirse con ese
paisaje del cual era ya parte sustancial, parte indi-
visible, parte inalienable e imprescindible, y así
mismo lo vio Rufus, que salió detrás de él dos minutos después de que entrara a la casa, cuatro minutos después de que se hubiera bajado del automó-

vil, veinticuatro horas después de que el abogado le dijera que era conveniente abandonar el timón y refugiarse con su patrón en la cúspide del Pirineo, en esa cúspide que ahora era una con Su Alteza, eran los dos criaturas de la misma mitología, briznas de la misma yerba y latidos del mismo corazón, y en cuanto el príncipe salió por primera vez de la casa, donde había pasado su largo encierro, sintió cómo eso que ya había visto durante quince días le subía por el pie y se le abría dentro como una flor, otra vez la flor, porque, como ya he dicho, Su Alteza acababa de integrarse a una nueva geometría, a un nuevo territorio sensorial por el que avanzaba a pasos firmes, seguido de cerca por el asombrado Rufus, y por el todavía más asombrado Crispín, y observado por los infinitamente más asombrados vecinos de Toloríu, que lo veían salir con su capa de plumas, que al contacto con la intemperie empezaba a esponjarse, con sus mismos zapatos elegantes y sus mismas gafas oscuras que le tapaban dos cuartas partes de la cara y a pesar de las cuales un vecino jura haberle visto a Su Alteza, en cuanto abandonó la casa, mirada de loco peligroso, lo cual es una mala apreciación, una apreciación simplota y tosca, hecha desde la geometría euclidiana que atormentaba al vecino, y no desde la compleja flor por la que caminaban Su Alteza y su séquito, por la sedosa orilla de un dédalo, de un laberinto sin salida donde lo imperativo era perderse, adentrarse cada vez más en ese corazón único que latía para todos, para la montaña y para el príncipe Moctezuma y su séquito, que ya cruzaban el pueblo por la única calle, difuminados por la espesa niebla que

se cernía sobre ellos y contemplados con arroba-
miento por los vecinos, que veían en Su Alteza a
un loco peligroso pero también su nexo con la historia, su indiscutible relación íntima con aquel
portentoso imperio de ultramar, y es que el príncipe para esas alturas, cuando no llevaba todavía
ni cuarenta pasos dados desde la puerta de su casa,
se había ya reconvertido en un ser mitológico, en
un ente luminoso que hendía la espesa niebla rumbo
a la montaña, con su capa de plumas experimen-
tando atractivas sacudidas, oleajes llenos de sensua-
lidad, y quizá lo que ya estaba pasando ahí, lo que
desde ese momento ocurría, era que los vecinos
veían la montaña que veía a Su Alteza desde dentro
y ellos habían empezado a sentir también esa mirada, esa novedosa comunión con el entorno en
el cual habían vivido ellos y sus ancestros desde el
principio de los tiempos, esa geometría no euclidiana que invitaba a todos a caminar siguiendo los
derroteros de la flor, el dédalo mismo de la princesa Xipaguazin por el que ahora iba desplazándose su
descendiente, su heredero, su tatarachozno, la carne de su carne, ese raro espécimen que encarnaba
simultáneamente el imperio azteca y la nobleza española o, para decirlo con todo el dramatismo que
el concepto requiere, el conquistado y el conquistador, y justamente por ahí, por ese desgarro entre conquistadores y conquistados, salía la flor,
afloraba la nueva geometría, florecía el espíritu de
la princesa Xipaguazin, y el de don Juan de Grau,
barón de Toloríu, que iban guiando a su descendiente a la punta de aquella estirpe inverosímil que
era ese hombre que andaba como poseído, con ga-

fas oscuras y capa de plumas de colores, de plumas de tucanes, de guacamayas, de cotorras y de colibríes, de periquitos, de xoconaztlis, de xirimicuiles y xirimicuatícuaros y xirimiticuaticolorodícuaros, de todas esas aves había representación en esa capa, en esa capa que alborotaba la niebla cuando Su Alteza, siguiendo el llamado de la princesa Xipaguazin, salía del pueblo, seguido de cerca por Rufus y por Crispín, avanzando los tres de acuerdo con esa nueva geometría cuyo eje era el intríngulis de las flores, y en concordancia con una nueva matemática no pitagórica, sin hirientes esquinas ni ángulos claustrofóbicos, una matemática que estaba toda en la niebla, en su trazo suave y orgánico, aquella caminata era un grito desesperado contra Euclides y Pitágoras, contra esos dos hijos de puta que se empeñaron en cuadricularnos la vida, en geometrizárnosla y matematizárnosla, aquella solemne caminata entre la niebla espesa era como gritar ¡que chinguen a su putísima y xirimicuílica madre y a su xirimicuatícuaro padre!, el padre de la geometría y la madre de las matemáticas, porque en ese nuevo orden que proponía la niebla Pitágoras era mujer, sí, señor, una mujer con su sexo de flor, con su dédalo, este era el orden y la disposición desde la que Su Alteza, Su Azteca y su séquito andaban, y los vecinos observaban, y el orden y la disposición desde el que hay que ir leyendo este episodio, porque de otra forma no podremos ver al príncipe llegando a Casa Vima entre la niebla, a la casa de la princesa Xipaguazin, con su sexo de flor y ese dédalo de donde rigurosamente, con un rigor ni euclidiano ni pitagórico, habían ido saliendo sus herederos, uno tras otro, como conejos de la chistera de un mago, un príncipe tras otro hasta llegar a un volumen que llenaba quinientos años de graumoctezumas, ese volumen enorme que desembocaba en Su Alteza y él lo sabía, le quedaba claro, soportaba esa carga colosal sobre sus hombros, que iban cubiertos, ya lo he dicho varias veces, con la capa de plumas de colores, y entrando a Casa Vima, o mejor dicho a las ruinas de la casa, a lo que quedaba de ella, Crispín, siempre solícito, sugirió a Su Alteza que se quitara las gafas oscuras para que apreciara los detalles, porque entre la niebla y los muros que seguían de pie era muy poca la luz del sol que lograba colarse al interior y muy poco lo que podía verse en condiciones normales, y aunque el consejo de Crispín rebosaba buena intención y sentido común, el príncipe no hizo ni chingado caso porque el mundo que él veía en ese trance no lo veía desde luego por los ojos, toda esa estirpe que él iba representando le había dejado un panorama completo y ya no necesitaba ver nada, estaba ahí representando a dos imperios, una estirpe, un poder inmaterial, atemporal y cojonudo, y qué pequeño se veía el lío legal en que empezaba a meterse desde aquellas alturas, las físicas y geológicas de la montaña y las metafísicas, históricas y chamánicas a las que se iba él mismo propulsando, el pueblo seguía atento el recorrido de la nobleza, que era un recorrido muy lento, en perfecto ralentí, «como si hubieran fumado mucha marihuana», declaró un vecino majadero, incapaz de concebir la vida sin el tieso de Euclides, «aquellas eran las payasadas de un trío de borrachos», me dijo otro, incapaz de mirar los acontecimientos sin la rígida estructura que nos impuso Pitágoras la loca, la suripanta, la cochambrosa, porque hay que ser cochámbrico para no ver más que ángulos y filosas y angustiosas líneas rectas en donde hay hojas de árboles y saltos de conejo y aleteos de pájaro y, sobre todo, flores, hay que ser muy cochámbrico para no ver en aquella exploración de Su Alteza una revelación, una iluminación, una epifanía, el caso es que nadie supo decirme, ni el príncipe ni Crispín ni Rufus, ni ninguno de los vecinos que presenciaron todo aquello, qué fue lo que pasó dentro de Casa Vima, entre los muros que quedaban de pie, entre las montañas de escombros que había donde antes habían estado el patio, la habitación de la princesa, el comedor, la caballeriza y la cocina, nadie supo decirme qué le pasó a Su Alteza, qué vio u oyó, qué lo perturbó para salir corriendo de la forma en que lo hizo, en un *sprint* muy vistoso porque su capa y sus plumas volaban al viento con una inolvidable dignidad, inolvidable para los vecinos que lo vieron salir perseguido por Crispín y por Rufus, con gesto de no entender lo que pasaba, lo que había hecho reaccionar al príncipe de esa manera, nadie sabe bien lo que pasó pero el caso es que Rufus y Crispín abandonaron el nuevo orden en el que iban metidos, regresaron al orden de Euclides y Pitágoras, se asustaron, temieron que Su Alteza en esa loca carrera que arrancó algunas risotadas de los vecinos, y varias expresiones de desconcierto, se hiciera daño, cayera por el barranco que estaba ahí cerca, o metiera la pierna en un agujero, o se diera de frente contra uno de los miles y miles de árboles que conformaban el bosque, que cubrían la montaña, una espesa porción vegetal por la que Su Alteza, ya más tranquilo, ya con el paso más ralentizado, siguió su extraño e inclasificable deambular, «hablando solo», dice Crispín que iba, «manoteando con singular descontrol», recuerda Rufus, que en aquel momento sugirió a su primo seguirlo a media distancia, no acercarse mucho pero no perderlo de vista, «cosa no muy difícil, pues la capa podía verse a muchos kilómetros de distancia», ironizó Rufus desde la cárcel de La Roca del Vallès cuando lo fui a interrogar sobre este incidente, y su ironía se debió quizá a la nostalgia, o al resentimiento, o a la sorpresa de estar repasando aquel acontecimiento que con los años se había transformado, según me contó, en producto de su imaginación, pero el caso es que Rufus y Crispín fueron siguiendo a Su Alteza, a media distancia y sin perderlo de vista, hasta que después de un tiempo que ninguno ha sido capaz de precisar pero que se adivina muy largo, el príncipe se postró bajo un árbol, bajo uno de los miles de árboles que conformaban el bosque, y en cuanto Crispín y Rufus se le acercaron, para averiguar si sufría alguna dolencia o necesitaba algo, Su Alteza se quedó mirándolos con gran desconcierto, como si hubiera estado dormido y hubiera súbitamente despertado, y ahí, con los ojos muy abiertos, juran Crispín y Rufus que dijo Su Alteza, «¿dónde estoy?», «¿cómo he llegado hasta aquí?», y todas esas cosas que se preguntan cuando un orden irrumpe en el otro, como una gran ola que de golpe lo vuelve todo patas arriba, y lo que siguió fue el regreso, poner a Su Alteza de pie y ayudarlo a desandar el camino, con una precisión que todavía sorprende a Rufus y a Crispín, que no se explican cómo lograron regresar a Toloríu, «como si hubiéramos conocido el camino de toda la vida», dice Crispín asombrado de aquella caminata de la que tampoco nadie ha sabido decirme la duración, caminaron por entre los árboles, por entre los miles de árboles que conformaban el bosque y luego salieron a la intemperie, otra vez a la niebla, que seguía abrazando al pueblo, otra vez a someterse a la mirada de los vecinos, que esperaban con curiosidad el desenlace de aquel trance, un desenlace probablemente anticlimático, pues lo que vieron los vecinos, según los ocho testimonios que logré recopilar, fue a Su Alteza arrastrado por Crispín y Rufus, vencido sobre los hombros de sus dos escuderos, llevado a rastras y arrastrando los pies y con las gafas caídas sobre la punta de la nariz y la capa de plumas lacia y mustia, «como un boxeador noqueado», es la imagen que prevalece en la memoria del pueblo.

Aquella fue la primera de una larga serie de paseos, ¿o procesiones?, ¿o escapadas?, ¿corretizas?, ¿raptos?, quizá raptos sea el término, los raptos del príncipe, que de improviso salía a caminar y luego, de manera inopinada, se echaba a correr, unos raptos que llegaban aparentemente de la nada pero que, después de unos días, Crispín y Rufus identificaron que, en los momentos previos, a Su Alteza empezaba a sudarle el labio superior, a llenársele de gotitas mínimas, a perlársele, lo cual ya es casi la metáfora de la joya que venía a continuación, que era el ponerse de pie de golpe, el echarse encima la capa, si es que no la traía ya puesta, el salir andando a la intemperie, a hender la bruma perenne y, en un momento completamente aleatorio, echarse a correr hacia el bosque, entre los árboles, hasta caer rendido en la base de alguno. «¿Y Su Alteza bebía antes de aquellos raptos?», pregunté con cautela una tarde a Crispín, y él, sumamente molesto, me dijo que cómo me atrevía a preguntar semejante majadería, y añadió la advertencia de que no fuera a ocurrírseme comentar semejante sandez frente al príncipe, cosa que yo ya había hecho, de manera prudente y con mucho tacto, con la ambición de llegar hasta el meollo de ese episodio, pero Su Alteza había esquivado la pregunta como solía deshacerse de todo lo que lo incomodaba, comprometía o le daba pereza responder, me dijo que aquello había sucedido en un periodo de extrema confusión, de extrema tensión nerviosa por el lío legal que se le venía encima, porque su abogado le decía cosas y él mismo alcanzaba a ver que su Orden de la Corona Azteca había entrado, en aquel año de 1970, en su ocaso, a causa de la demanda que pronto originaría otras, pero también porque para él era clarísimo que había saturado el mercado que le correspondía a su Orden, que todos los posibles candidatos ya habían sido condecorados y, sobre todo, porque a Franco, su otrora valedor, había dejado de interesarle su alcurnia, su amistad y su cercanía, ya era un hombre viejo, más bien preocupado por sobrevivir, por amarrar los cabos sueltos de su dictadura, que estaba en la fase final, y desde luego ya había dejado de interesarle esa expansión hacia México para la que Su Alteza podía haberle sido útil. Al final, reflexionaba el príncipe, el ninguneo de Franco fue lo que lo hundió, al caer de su gracia arrastró con él todo su proyecto dinástico, su aura de nobleza, ese morbo que provocaba codearse con un príncipe de ultramar, con un Moctezuma auténtico, con el único representante vivo del imperio azteca en Europa, «el único representante vivo del imperio azteca», repitió Su Alteza lentamente, alzando una octava, y uno que otro decibel, su voz, y luego añadió, con una media sonrisa cargada de irónico malditismo, después de dar un sorbito a su copa con blasón y con vino agarroso de tetrabrik, «¿y usted se atreve a venirme con esas minucias?», dijo en alusión a la pregunta sobre si bebía antes de sus célebres raptos en Toloríu.

Yo le dije que sí, que me atrevía y que estaba interesado en esas «minucias», que precisamente las historias, y los relatos, e incluso la vida misma están compuestos de minucias, e iba yo a argumentar más cuando Su Alteza me interrumpió con un «¡charros, charros!, que a estas horas se me carga más el sentimiento», una de esas frases de película que había aprendido, y la dijo manoteando con energía, para que de ninguna manera se me ocurriera a mí seguir, y lo dijo escorado hacia el este para dejar colgando y sin presión sus persistentes almorranas, y luego me dijo «hablemos de otra cosa, de la grandeza del imperio azteca, por ejemplo», y yo accedí por cortesía, por no contrariarlo, porque no fuera a ser que regresara Crispín y me sorprendiera preguntándole inconveniencias a Su Alteza, pero también convencido de que la grandeza del imperio azteca ya estaba muy vista, muy escrita y muy celebrada, de que es una grandeza que cuenta con el consenso universal, pero que el príncipe, ese hombre que después de refundar el imperio, y extraer de este todos los réditos posibles, y después perderlo, seguía sobreviviendo en una choza infecta en Motzorongo, Veracruz, donde, sin embargo y a pesar de los pesares, seguía conservando la liturgia de su nobleza, con su factótum de librea, sus copas con blasón, su trono rojo y su «palacio», eso, precisamente eso, me parece a mí que es la grandeza, una grandeza oculta, que nadie conoce y a nadie le importa y sin embargo él seguía adelante, convencido de que aun cuando el dictador, la sociedad y la ley le habían dado la espalda, lo suyo era mucho más importante y merecía la pena conservarlo porque pertenecía a una dinastía que, como él mismo aseveraba, «no recula, ni se arredra, ni se arruga», y desde ese punto de vista suyo tan particular, es verdad que preguntarle si sus raptos en Toloríu eran un efecto secundario del whisky, o del *delirium tremens* que ya venía, o ya estaba ahí, que le diagnosticaron regresando a Barcelona, era una verdadera bajeza, era un dato menor frente a aquellos fastuosos raptos, que yo, por mi parte, dejo tal cual acontecieron, como raptos y punto, aun cuando Rufus, en aquella conversación que tuve con él en la cárcel de La Roca del Vallès, a la pregunta de si los raptos podían tener su base en la ingesta de alcohol, me respondió, desde detrás del grueso vidrio que se interponía entre nosotros en el siniestro locutorio de la prisión, con una impostada altanería y un talante sumamente cochámbrico, que Su Alteza Imperial «no dejaba nunca de beber», y me lo dijo con una noche cerrada en el fondo de sus ojos y luego no añadió más, consideró que eso respondía ampliamente mi pregunta.

Durante mi indagación en Toloríu sobre las andanzas de Su Alteza, reparé en que en aquel artículo publicado en el periódico, donde me había yo enterado de la historia de Xipaguazin, no había mención alguna de los raptos, ni siquiera de la estancia en el pueblo del heredero del barón, ni tampoco de la visita que hizo con los templarios ingleses. En ese artículo el príncipe aparece como un fantasma, todo el rastro que deja es el de sus fraudes y lo que queda es el perfil de un hombre corrupto y fantasmagórico, despojado de la faramalla dinástica que daba a sus fraudes un colorido especial. Los vecinos me contaron que el periodista no había hecho más que pasearse por ahí, husmear y tomar notas, y que en veinticinco minutos, y sin hacer ni una sola pregunta, había despachado la historia y después, seguramente, había ido a rellenar los enormes vacíos de su investigación con Wikipedia, ese instrumento que saca del apuro a cualquier articulista que lleve prisa, o pereza, como seguramente fue el caso de este irresponsable que, y esto lo pienso en el mismo instante en que escribo esta línea, debería haberse comportado como un buscador de tesoros, con la misma actitud con la que yo llegué al pueblo, dispuesto a remover la montaña con sus propias manos, y a buscar pistas, fragmentos, astillas, residuos entre la tierra, y a permanecer ahí el tiempo suficiente para que las minucias salieran a la superficie.

Un poco más de cuatro meses, ciento veinticinco días para ser precisos, estuvo Su Alteza oculto en Toloríu, mientras su abogado apaciguaba las aguas en Barcelona. Ciento veinticinco días de raptos, de carreras enloquecidas por el bosque, de tener a los vecinos pendientes del momento en que iba a producirse, porque a veces a Su Alteza le daba el rapto en mitad de la noche, o al salir el sol, nadie sabía bien a qué hora pasaría frente a las ventanas del pueblo ese hombre de capa de plumas que, cuando corría, parecía que estaba agarrando velocidad para llegar a la orilla del precipicio y levantar el vuelo sobre el abismo, que era una posibilidad que todos, incluidos Rufus y Crispín, habían contemplado, y que uno de los vecinos, según me confesó entre malévolas risitas, esperaba ansiosamente. «¿Y por qué?», le pregunté yo sorprendido por su desalmada declaración, «porque así la estirpe de los Moctezuma de Toloríu se hubiera extinguido en un vuelo con plumas, y eso habría sido muy hermoso, un final mucho más hermoso que el que tuvo en realidad», me respondió el vecino ahora circunspecto, y la verdad es que me dejó pensando si no hubiera sido mejor detener a tiempo esa deriva, esa caída libre que después de varias décadas tenía al último heredero de los Moctezuma viviendo en una calurosa chabola en Motzorongo, sentado en un trono rojo y raído, bebiendo vino malo y escorado hacia el este, o hacia el oeste, para no estrangularse las almorranas con el cojín.

Pero muy pronto concluí que su glorioso suicidio volando con su capa de plumas en un abismo del Pirineo era del todo irrelevante porque en realidad, y de todas formas, la historia de Su Alteza Imperial terminó ahí, con suicidio o sin él, terminó con esos ciento veinticinco días de locura y delirio, pero también de conmovedora comunión con su historia y sus raíces, y vista desde esta perspectiva la historia de Su Alteza fue redonda, y también fue una flor y un dédalo, y terminó fundiendo el principio con el fin, quedó como un solo bloque sólido, como una novela donde la historia se fuera enredando en un orden parecido al caos, parecido a un dédalo o a una flor, tal como hubiera sido la vida del príncipe desde esta perspectiva, con ese final prematuro, aunque en aquel momento no haya tenido el valor, o el coraje, o el desapego, o el estímulo suficiente para echarse a volar sobre el abismo, para efectuar ese glorioso vuelo enredado en las plumas multicolores de su capa de tucanes, de guacamayas, de cotorras y de colibríes, de periquitos, de xoconaztlis, de xirimicuiles y xirimicuatícuaros y xirimiticuaticolorodícuaros, ese vuelo que no fue y que sin embargo marca el final de su historia, porque después de aquellos ciento veinticinco días, Crispín prendió el coche y mientras calentaba el motor, y engordaba la niebla con el monóxido de carbono que echaba el escape, salió Su Alteza con una imagen y una conducta simétricas a las que lo habían vestido el día de su llegada, salió con sus gafas oscuras, su capa de plumas, apoyando el cincuenta por ciento de su masa muscular en Rufus, sin decir nada a nadie, sin hacer ningún gesto, concentrado en no caerse, en no dar un traspié en lo que llegaba al coche, se acomodaba trabajosamente en el asiento y, sin dedicar ni una mirada al pueblo que lo contemplaba, cerró la puerta, y sin dedicar ni una mirada, le dijo a Crispín que arrancara, y se fueron sin que el príncipe dedicara ni una mirada, «ni una puta mirada», me dijo un vecino, y esta altisonancia, por

ser la única que he oído en Toloríu, me hizo entender que, a pesar de su deleznable conducta, de su
comportamiento impropio, de sus escandalosos
raptos, la gente del pueblo, los herederos de los que
alguna vez fueron los súbditos de la princesa Xipaguazin, no tenían más que admiración, devoción y
cariño por el último heredero de esa estirpe única,
increíble y, sin embargo, escrupulosamente real.

Su Alteza regresó transfigurado a Barcelona, tomó posesión de su palacete con cierta extrañeza, como si llevara siglos de ausencia, o como si el que se había ido y el que regresaba no hubieran sido exactamente el mismo. Tomó una larga ducha y a continuación, enfundado en su albornoz, con el deslumbrante blasón de la Orden sobre la tetilla izquierda, y con unas pantuflas que lo hacían verse veinte años más viejo, escuchó lo que tenía que decirle su abogado. La demanda de don Átomo había prosperado, y había inspirado a otros dos quejosos, a Bricio del Monte y Ferraz, concesionario de los neumáticos Pirelli en España y gran duque de Huayamilpas, y a Margarita Dolores Saturnino Bosch, dueña de una importante cadena de cines en Barcelona y condesa plenipotenciaria de Cuemanco.

Estos dos, cuyos datos figuran en el archivo que quedó de Su Alteza en el Ayuntamiento, se quejaban de lo mismo que don Átomo, de que el territorio que prometía el papel no se correspondía con la realidad, y en el caso de la duquesa el asunto se complicaba, porque Cuemanco era el nombre de unos famosos canales que habían servido para las competencias de piragüismo durante los Juegos Olímpicos de 1968, que se habían celebrado en México, y aquello había puesto en un aprieto social a doña Margarita, pues no hallaba cómo explicar el nexo del olimpismo con sus posesiones de ultramar. El abogado explicó al príncipe, que comparecía distraído y de pantufla y albornoz, sentado con displicencia detrás de su escritorio, que durante todo el tiempo que él había pasado en Toloríu se había esforzado, por todos los medios, incluido el soborno, para que los quejosos retiraran la demanda, sobre la base de que los tres sabían perfectamente, porque se les había advertido más de una vez, que los títulos no se correspondían con un territorio en ultramar, que la toponimia era puramente nominal y que su objetivo era dar cuerpo y sustancia al nombramiento, «¿o de verdad se cree usted que es gran duque de Huayamilpas?», contó el abogado que le había dicho a don Bricio, y que este se había mostrado ofendido por tan grosera puntualización. Al final el ejemplo de don Átomo había cundido y pudo más la ambición de sacarle dinero a Su Alteza, así que el panorama, le dijo ahí mismo el abogado, era negro, tenían un lío que iba a complicarse y lo que quedaba era alargar los plazos, resistir e insistir y tratar de convencer, «una tarea nada fácil pero, desde luego, no imposible», sentenció el abogado antes de despedirse. El caso, que como he dicho descansa en el archivo del Ayuntamiento de Barcelona, es una curiosidad; el arrojo de Su Alteza en el momento de ofrecer territorios en México había sido suicida, pero el descaro de los quejosos no tenía nombre.

Todavía queda en una de las salas que pertenecieron a la señora Saturnino Bosch, y que hoy se ha parcelado en cinco multicines que regenta una franquicia internacional, una placa que dice, y que permanece en la pared de la dulcería, entre la máquina de refrescos y la que hace palomitas de maíz: «Esta sala fue inaugurada por Doña Margarita D. Saturnino Bosch, condesa plenipotenciaria de Cuemanco». La placa, hoy relegada por las golosinas pero que, en su día, ocupaba un sitio prominente, ilustra de manera cristalina la ilusión que produce la realeza pues, para empezar, quien remodeló la sala de cine no se atrevió a erradicar esa placa ungida de nobleza, ni tampoco se atrevió ninguno de los sucesivos dueños y administradores que han pasado por ahí durante los últimos cuarenta años, y la placa, por decir lo mínimo, es una pieza de ficción, un satélite del condado de Cuemanco que era una ficción mayor, pero no tan desmesurada como la convicción que tenía doña Margarita, tanta que inmortalizó su título en esa placa de acero, de ser, efectivamente, condesa plenipotenciaria de ultramar.

Margarita se creía de verdad condesa a pesar de que su título se había pactado en la barra del Giardinetto, en Barcelona, a altas horas de la madrugada, entre un gin-tonic y el siguiente, en una conversación deshilvanada con Kiko Grau, que le prometía que iba a hacerla condesa, más que nada para quitársela de encima, para quitarse su mano reptante y deseante de encima, y se creía condesa a pesar de que había tenido que pagar mucho dinero para conseguirlo, y a pesar de que quien la había ungido con semejante título había sido el mismo Kiko, su amigo de adolescencia y juventud y de barras de bar, por medio de una inverosímil ceremonia y en medio de un nubarrón de incienso mexicano y ante la presencia de Rufus, Crispín y alguno más de los primos del Sacromonte, los representantes del séquito de la princesa Xipaguazin. A pesar de todo aquello Margarita se sentía condesa de verdad, actuaba como condesa, imprimía su título en tarjetas y en placas de metal y, en su momento, se sintió estafada y presentó la demanda contra su amigo de infancia y juventud y barras de bar. Presentar aquella demanda, más allá del dinero que podía ganar, significaba descargar en otro la responsabilidad, declararse engañada y estafada, damnificada, y eso, según lo que puede leerse en las actas del juicio, la situaba a ella en la posición de víctima y quitaba hierro al ridículo de haber ido esos años de condesa sin serlo. ¿Una ingenuidad?, sin duda, pero también era una de las opciones que tenía esta señora, porque de buenas a primeras, en cuanto la demanda de don Átomo comenzaba a prosperar, y la información empezó a colarse en la burguesía barcelonesa, ella quedó expuesta, con los entretelones de su título nobiliario al aire y el ridículo prendido en la frente, como un murciélago. Al final ninguna de las tres demandas prosperó, aunque en el caso de la señora Saturnino Bosch hubo que desembolsar una importante suma de dinero, y a pesar de que los tres casos fueron archivados y nunca, hasta hoy, han salido a relucir, el daño que produjo el proceso estaba hecho y era, como pronto empezó a verse, irreparable.

Su Alteza trató de reintegrarse a su vida social, de recuperar el lugar privilegiado que había tenido, pero ni él era ya el mismo, ni la sociedad lo veía con los mismos ojos, y esa vida palaciega que unos meses antes le habían celebrado tanto ahora era vista con sorna, se hablaba con descaro de su pretensión, de su locura, del mal gusto de su blasón, de su ridículo séquito de gitanos, y aquella apreciación general desembocaba en una nueva mirada autocomplaciente, de inconfundible filiación judeocristiana, que situaba a Kiko Grau como el hijo mimado que había llevado a la ruina las Conservas Grau, el negocio que había distinguido a la familia durante tres generaciones y cuyo capital había sido dilapidado en la comedia vital del último heredero, en la quimera de reflotarse como el tatarachozno del emperador Moctezuma.

Toda aquella apreciación social estaba llena de inexactitudes, era injusta, pero terminó imponiéndose y Su Alteza la detectó desde la primera noche que salió por ahí a beber una copa, a hacerse presente después de tantos meses de ausencia, acompañado de su inseparable Rufus; fue acodarse en la barra del Giardinetto y darse cuenta, por el silencio que se hizo a su alrededor, por la forma en que lo miraban y por lo solo que, transcurridos los primeros minutos, se fue quedando, de que había caído en desgracia, una desgracia social de la que no logró salir ni cuando se hizo público que ninguna de las tres demandas había prosperado y que él quedaba libre de toda sospecha. Y es que aquel caso no transcurría exclusivamente por los cauces legales, tenía una vía social que era tan poderosa como la otra, y que cambiaba el signo de las cosas, pues, en cuanto Su Alteza había entrado al Giardinetto, su capa de plumas, que antes había sido tan festejada, fue vista bajo una nueva luz, como una excentricidad intolerable, como la cancamusa de un mamarracho, como la prueba definitiva de su corrupción, de su locura y de su insalubre periplo vital.

Unos días después de publicada la noticia de su inocencia, se organizó una fiesta en el palacete de Pedralbes a la que fue la cuarta parte de la gente que solía asistir; fue un fracaso que el príncipe, a más de cuatro décadas de distancia, recordaba desde su sillón en Motzorongo como un triunfo inapelable, «porque ahí me di cuenta del cariz que podían empezar a tomar las cosas, entendí que el conflicto *no era ni tanto ni tan tupido*», me dijo echado displicentemente en su rojo butacón, con una de esas líneas de película que formaban parte de su léxico.

Resulta que a aquella fiesta asistió la gente que había logrado ver más allá de la condena social, y que encontraba en Su Alteza un noble decadente, vituperado y permanentemente alcoholizado que les resultaba simpático, porque estaba en perfecta sintonía con la ola de modernidad que sacudía de arriba abajo los países civilizados, y que los españoles de entonces miraban con anhelo; el príncipe, con sus gafas oscuras y su capa de plumas multicolores, su vaso de whisky en la mano y una nueva cohorte de admiradoras viciosas y oscuras, era el trasunto de Marc Bolan, o de Keith Richards o Jim Morrison, un *rockstar* español *avant la lettre* que también conectaba con Édith Piaf y Juliette Gréco y con Ziggy Stardust y los Spiders from Mars, un personaje impagable en aquella Barcelona casposa y maloliente que muy pocos supieron apreciar aun cuando, desde mi particular punto de vista, Su Alteza había alcanzado entonces la mejor versión de sí mismo, se mostraba tal cual era, como un pirata que había conseguido torcer su destino de director de una fábrica de latas de atún, su apestoso futuro de pescadero, a favor de una nobleza que, a pesar de que contaba con suficientes credenciales genealógicas y sanguíneas, él había implementado; era el creador de su propia historia, su propio y único artífice, y una vez que aquel artificio se había venido abajo, resurgía como un pájaro mitológico, como un pájaro serpiente, como un tozudo Quetzalcóatl que regresara por sus fueros y se reconvirtiera en celebridad pop, la primera de su especie en el país. Porque el príncipe tenía la suficiente alcurnia y todavía le sobraba el dinero y aún era capaz de mantener un pequeño grupo de adictos a su persona y, sobre todo, introducía esa manera de ser suicida desconocida hasta entonces en su entorno, ese beber y fumar marihuana sin ningún miramiento, ese «la vida no vale nada» que cantaba el mexicano José Alfredo Jiménez, un titán de la vida loca que se convirtió, en aquel periodo de hermosa decadencia, en su referente y faro, porque la decadencia del príncipe, todo hay que decirlo, se parecía a la que cada otoño presume la naturaleza, en los países del norte, cuando toda la vegetación a coro, en un tremebundo *tutti* orquestal, pasa del verde al rojo, al rojo fuego, al rojo incendio que dura unas cuantas horas, que pone al árbol más hermoso que nunca justamente cuando está a punto de morir, así estaba Su Alteza, en pleno y sublime otoño, y solo unos cuantos, repito, eran capaces de apreciarlo.

Aquel periodo duró, para seguir con el metaforón del follaje, lo que duran las hojas color incendio, no unos días desde luego, pero sí unos cuantos meses, según los recuerdos que tenía Su Alteza de aquella época, y durante ese tiempo breve, se ofrecieron en el palacete de Pedralbes las fiestas más limítrofes que había vivido la ciudad, unas bacanales llenas de alcohol y drogas, con música estruendosa de vanguardia que traía personalmente de Londres el anfitrión, porque ya entonces comenzaba a trabajar una vía de escape con sus colegas de Oxford y con sus socios los templarios ingleses, pues aunque las tres demandas habían sido retiradas, y él gozaba de una cristalina inocencia legal, el ruido que había hecho el caso había llamado la atención de Hacienda y su abogado esperaba que, de un momento a otro, comenzara el nuevo lío, ese sí de proporciones insondables, porque no existía la contabilidad, ni siquiera el registro, de todo el dinero que había entrado en la Soberana e Imperial Orden de la Corona Azteca, por concepto de condecoraciones y títulos nobiliarios. Las operaciones se habían hecho de todas las formas posibles, había ingresos en cuenta, había pagos con cheque, pero también abundaban los pagos en negro y hasta los trueques. Meses más tarde, cuando Hacienda trataba de establecer la cantidad de dinero que la Orden había producido, aparecieron, por citar solo dos ejemplos floridos, un automóvil Porsche, que usaba Rufus de vez en cuando, que fue intercambiado por una Gran Cruz, y un cuadro del pintor Miró que se obtuvo a cambio de un gran collar de la Corona Azteca.

Las rumbosas fiestas que Su Alteza ofrecía, mientras producía su último estertor social, fueron clasificadas por el diario barcelonés *La Vanguardia* como «fuentes de donde manaban, a borbotones, la inmoralidad y la depravación», y como «bacanales que no se veían en este territorio desde la época de los fenicios». Se trataba, claro, de exageraciones, de altisonancias periodísticas, porque las fiestas de Su Alteza, que eran muy llamativas en la Barcelona de entonces, eran bastante comunes en Inglaterra y en Estados Unidos, eran el pan de cada día, los jóvenes se morían de sobredosis en el pináculo de aquellas fiestas, y en ese mismo periodo morirían, también sobredosificados, y cada uno por su parte y en su propio viaje, Jimi Hendrix, Janis Joplin y Jim Morrison, la misma santísima trinidad drogota que sonaba a todo volumen en el jardín del palacete, para escándalo de los vecinos y de las monjas del convento de al lado, que oían retumbar los gritos de Janis en el patio gótico, unos gritos espeluznantes que pasaban por debajo de los arcos ojivales y de las bóvedas nervadas como candentes bolas de fuego y que parecían proferidos por el mismísimo demonio.

En aquellas fiestas Su Alteza salía de su habitual marasmo, de su cotidiana depresión, que matizaba, y con frecuencia lograba reorientar hacia la ascensión anímica, con modestos vasitos de whisky, vasitos solo una cuarta parte llenos, que se reproducían en una larga sucesión cuya suma era una cantidad oceánica que le permitía mirar su desastre dinástico, social y financiero, su desgracia imperial, con un temple que la sobriedad no le permitía alcanzar.

Su Alteza pasó aquellos meses rumbosos, aquel periodo agónico de hojas color de incendio, agobiado por las noticias cada vez más negras que le daba su abogado, hundido por la tormenta que se avecinaba y por las notas que aparecían en la prensa, con creciente frecuencia, sobre la fiscalización que aplicaba Hacienda a su Soberana Orden, y para salir de aquel ambiente mortuorio, para encontrarle sentido a tanta adversidad, el príncipe iba encadenando un cuartito de whisky tras otro mientras escuchaba, recién duchado y de pantufla y albornoz, las malas noticias de su abogado, que llegaban cada mañana, y a veces, cuando la densidad de la diligencia de Hacienda así lo exigía, y había que argumentar y buscar documentos para defenderse, había una reunión extra en la tarde, que Su Alteza medio atendía, con un ojo cerrado para poder visualizar a su abogado, vestido ya de fiesta con su capa de plumas multicolores, sus infaltables gafas oscuras y su bastón de mando imperial así atendía el príncipe a su abogado en esas citas vespertinas, mirándolo con un solo ojo y esperando el momento en que terminara de explicarle su galimatías para poder irse a su fiesta, a esa bacanal que ya nadie se tomaba la molestia de anunciar, ya sabían todos los crápulas de la ciudad, los viciosos y los entusiastas de la vida canalla y disoluta, que cada noche había guateque en el palacete de Pedralbes, había música traída de Inglaterra, había alcohol y drogas y humaredas étnicas de incienso mexicano que encendía Rufus, alentado por Crispín, muy consciente de que era fundamental y necesario dotar a aquel desvarío de algo que remitiera al imperio de Moctezuma, de algo que hiciera recordar a los asistentes, que casi siempre eran los mismos, que ese hombre que danzaba y brincaba por los aires, con su vistosa capa de plumas, era ni más ni menos que el heredero del emperador mexicano y de su hija, la princesa Xipaguazin.

Un día funesto llegó el abogado a esa reunión cotidiana que Su Alteza atendía desde aquella franja ambigua, desde esa media luz que relumbraba entre la resaca mortal y la esperanza inmediata que le daba el chorro de whisky con que bautizaba el primer café. Era dar el primer trago y sentir que empezaba a emerger del pozo oscuro donde lo había sorprendido el mediodía, comenzaba a elevarse suavemente, como un globo, y con esa levedad, con la cabeza montada en una nube, en lo que se iba yendo en una deriva que seguía la línea de su horizonte mental, leyó el citatorio que puso el abogado frente a sus ojos y que lo urgía a presentarse, en un periodo máximo de tres días, en el juzgado número 14 de Barcelona, para «esclarecer ciertas irregularidades en su cuenta de la Hacienda pública».

Su Alteza se puso furibundo, no podía creer que después de tantos meses de pagarle una fortuna a su abogado para que se hiciera cargo del lío en que se había metido le llegara con ese ofensivo documento.

A partir de aquí la biografía de Su Alteza presenta un oneroso vacío. Se sabe y consta en el archivo que, en un arranque de ira y desesperación, y al parecer de una torpeza épica, despidió esa misma mañana a su abogado. A esta conclusión llegué después de leer la nota donde se explica el cambio de representante legal en un momento de alto riesgo para el caso, porque sobre esto el príncipe no quería decir ni una palabra, «del imbécil de Sunyer Valdez prefiero no decir nada», gritó Su Alteza cuando hurgaba yo en ese periodo que necesitaba reconstruir, y gritó puesto de pie, o más bien medio incorporado en su butacón sin erguirse del todo, agitando furibundo un dedo enfrente de mi cara y provocando en la pelambrera blanca que le salía de detrás de la cabeza un tenebroso vaivén galvánico. «Ya me lo enfureció», dijo Crispín muy molesto, y yo entendí que acababa de topar con uno de esos capítulos que tendría que averiguar por mi cuenta. También se sabe y consta que, por razones que no quedan del todo claras, Su Alteza no se presentó en el juzgado, quizá porque estaba buscando quien lo representara, o probablemente por algo tan banal como que se quedó dormido o traspuesto; la cosa es que, como digo, no hubo forma de hacer hablar a Su Alteza de esos días, ni estos, desde luego, aparecen en el archivo del Ayuntamiento, ni tampoco Crispín o Rufus han podido aportar nada, y es muy probable que tampoco hubiera mucho que aportar, pues aquellos deben haber sido días en los que Su Alteza veía con claridad cómo todo se venía abajo y con toda seguridad, en una reacción típicamente suya frente al desastre, debe haber cruzado esa caverna iluminado por una borrachera fastuosa.

Pero del episodio siguiente, ya con un abogado nuevo, un tal Carlos Prat Belice, sí hay registro y recuerdo, pues se trata de un evento crucial en la historia de la Soberana e Imperial Orden de la Corona Azteca. Llama la atención que el abogado Prat Belice era un ilustre desconocido, nunca había ganado un caso relevante ni había representado a ningún personaje de alcurnia social o política, a diferencia del anterior, Eduardo Sunyer Valdez, que era el paladín de la clase adinerada, y esto se debe, según admitió a regañadientes el príncipe, a que nadie quería hacerse cargo de su caso. Ya para esa época su ruina social era ostentosa, todos esos que lo habían arropado, aupado y vitoreado le daban la espalda, no querían saber nada de él, y el único que se había apuntado era Prat Belice, que al final hizo lo que pudo, logró salvar a Su Alteza de la cárcel a cambio de la incautación de su cuenta de banco y de todos sus bienes, incluido el palacete de Pedralbes, que sería inmediatamente desalojado y puesto a la venta, a un precio atractivo y simultáneamente prohibitivo, porque se trataba de la propiedad más cara del barrio más caro de la ciudad.

Cuando Hacienda dictaminó la incautación de todos sus bienes y propiedades, Su Alteza trató de entrar en contacto con el general Franco, o con su mujer, viajó a Madrid para pedir clemencia al dictador, pero pronto se dio cuenta, como por otra parte ya sospechaba, de que su periodo de gracia con el poder había pasado, y en un acto cercano a la desesperación, dejándose arrastrar por un impulso, fue a Cadaqués a visitar al pintor Dalí, para pedirle que intercediera por él, y el pintor le dijo que sí, que lo haría, que haría eso con todo gusto por el heredero del emperador Moctezuma, y el príncipe se fue de ahí esperanzado, pero al pasar de los días, y de los embates cada vez más bestiales de la Hacienda pública, comprendió que el pintor o no había movido un dedo, o no había sido escuchado por el dictador, o sí lo había sido pero su petición no había surtido ningún efecto, y la verdad era que poco importaba lo que hubiera pasado, porque ya Hacienda se estaba incautando de su dinero, lo estaba echando de su palacete, le estaba desmantelando su Soberana e Imperial Orden, y toda esa sociedad que lo había, repito, aupado y vitoreado le daba la espalda de una manera dolorosa, incluso los foscos borrachines y las gozosas dipsómanas que habían formado el elenco de las fiestas de los últimos tiempos le daban la espalda, y le daban la espalda las chicas de la alta sociedad que querían emparentar con él, y eventualmente dar a luz al descendiente del emperador Moctezuma, todos le daban la espalda a Su Alteza, incluso don Ramón Mas, el director del banco y gran amigo de su padre, que tanto se había preocupado por su porvenir, y por la resurrección de Conservas Grau, incluso este señor no solo le dio la espalda sino que, aprovechando la cercanía con la familia, y el conocimiento de primerísima mano que tenía de la propiedad, se ofreció cínicamente para gestionar, desde su banco, la venta del palacete de Pedralbes, a cambio del diez por ciento del precio cuando buenamente se vendiera.

Aquello «fue una masacre», decía Crispín todavía muy ofendido con la Hacienda de esos años franquistas, mientras Su Alteza aseguraba que lo habían dejado «despelucado», y que todo pasó «en un abrir y cerrar de ojos», que apenas empezaba a digerir la magnitud del caso cuando ya lo habían sentenciado a perderlo todo.

El príncipe asistió a las dos sesiones fatídicas, de acuerdo con las fotografías que publicó *El Noticiero Universal,* de traje oscuro y corbata, sin su famosa capa ni sus sempiternas gafas oscuras, y con una actitud y una dignidad, si es que una fotografía puede transmitir esto, que lo hacen verse como el heredero del emperador que en efecto era, y este magnetismo que puede apreciarse hasta hoy en esa vieja y amarillenta foto de periódico contrastaba duramente con la languidez y la blandenguería del juez, y con la astrosa chabacanería del secretario, dos funcionarios típicos de esa misma administración que había hecho la vista gorda mientras el dictador consideraba su amigo a Su Alteza y que ya entonces, ido el encanto, asestaba al árbol caído su hachazo final.

El saldo de aquel juicio súbito fue dejar a la Soberana e Imperial Orden de la Corona Azteca en un nivel puramente espiritual, sin fundamentos físicos que la retuvieran en tierra, y una expedita y sorpresiva condena de cárcel a Rufus, que una vez analizada tampoco fue tan sorpresiva, pues Rufus había aprovechado para hacer negocios por su cuenta, al margen de la Orden, y para llevar un poco, o más bien bastante, agua a su molino que estaba en el Sacromonte. Un inspector de Hacienda descubrió, en el Banco de Crédito Hipotecario de Sevilla, un depósito a nombre de Rufus Hernández Nacapixtla de dieciséis millones de pesetas de la época, una cantidad cuyo origen, por supuesto, no pudo comprobar, y con el mismo objetivo de hacer astillas del árbol caído, la señorita Nuria Díaz Domenech, hija de un célebre empresario mallorquín, acusó formalmente a Rufus de intento de violación, cosa que incluso Crispín, que ya entonces odiaba a su primo, negaba rotundamente, porque él había estado en la fiesta donde se había cometido la fechoría, y todo lo que había visto era que Nuria le metía mano insistentemente a Rufus y que en algún momento, incluso, había tallado con furia su zona pélvica contra el bajo vientre de su primo, con la intención inequívoca de violarlo. En todo caso, la acusación de Nuria agravó la situación de Rufus y, con una velocidad atípica para aquel laberíntico sistema legal, fue condenado a diez años de prisión, una cantidad manejable y que hubiera podido reducirse mucho si Rufus hubiera estado por reducirla, y no se hubiera conducido con esa insensata rebeldía que ha producido tres intentos de fuga y un sinfín de desórdenes que lo tienen todavía hasta hoy, cuarenta y tantos años después, tras las rejas.

Su Alteza y Crispín, que estaba acusado de complicidad en la trama de evasión fiscal, no llegaron a la cárcel, y cuando el juez ordenó la incautación de dinero y bienes, el príncipe trató de maniobrar para rescatar el palacete; su abogado consiguió fijar una cantidad que fue solicitada al director del banco, y casi inmediatamente denegada, con la descortesía añadida de que la noticia se le hizo saber por teléfono, y por medio de una secretaria. En ese preciso momento, que recordaba con una dolorosa exactitud, Su Alteza comprendió que la Soberana Orden estaba definitivamente acabada y también, y de paso, su permanencia en España, así que hizo tres maletas con sus efectos personales, entre estos la capa de plumas, y, acompañado de Crispín, que lo llevaba todo en una maletita, voló a Londres, donde contaba con la solidaridad de sus colegas de Oxford y de los templarios ingleses, que veían con desconfianza el sistema legal español que había condenado al príncipe.

Su Alteza no pensaba establecerse en Inglaterra, la isla era un refugio temporal, ahí tenía un montón de amigos de su juventud y, además, uno de sus contertulios en las reuniones de los templarios era director del Bank of Wales, la institución donde Su Alteza tenía una cuenta que, previendo lo que al final pasó, había ido engordando en secreto durante meses, con su nombre y el apellido de su madre, Martínez, y evitando el Moctezuma, que con toda seguridad iba a meterlo en problemas. El director del Bank of Wales tenía un acusado sentido gremial, y hacía la vista gorda ante la procedencia del dinero, y sobre todo frente al escándalo fiscal que había llevado a Inglaterra a su contertulio.

Del periodo inglés de Su Alteza se sabe todo. Él mismo lo contaba con una profusión de detalles que sería ocioso consignar aquí, porque en Londres llevaba una vida cotidiana, dentro de los márgenes de la normalidad, que poco añade al personaje que aquí voy perfilando y que, incluso, podría restar vigor a su estampa general, pero, con el ánimo de hacer un bosquejo lo más completo posible, y convencido de que la parte épica de ciertas personas está basada, invariablemente, en fundamentos sosos y nada épicos, diré que, en cuanto puso un pie en la isla, el 6 de febrero de 1972, renunció a su dimensión imperial, hizo un esfuerzo por olvidarse de su Orden y de sus gloriosos antepasados y, luego de unas breves gestiones que hizo con sus antiguos colegas de Oxford, comenzó a dar clases en la universidad, lo cual redujo su cotidianidad a viajar en la mañana en tren, impartir clases de Historia del Arte Español, con énfasis en Goya y en Velázquez, y regresar, hecho polvo como cualquier profesor de universidad, en el último tren al departamento que compartía con Crispín en la zona de Portobello.

Aquellas clases, como después averiguaría, pues me parecía que un hombre tan disoluto difícilmente podría haberse ajustado a la disciplina magisterial, eran más bien cursillos extraacadémicos que impartía con una frecuencia, digamos, relajada pero que, y esto hay que reconocérselo, estaban «muy bien diseñados y contaban con una sólida base cultural», según Alfred Green, que era entonces el responsable de aquellos cursos y también, y no por casualidad, caballero templario.

También asistía Su Alteza regularmente, y todavía como Gran Maestre del Capítulo Ibérico, a las reuniones de los templarios, pero estas, según contaba él mismo con una cara de fastidio que le hacía todavía más tumultuoso el bigotazo, carecían de ceremonial, se acercaban estéticamente «a la reunión de un grupo de flemáticos funcionarios de banco». «¿Y Crispín?», pregunté a Su Alteza, porque la presencia de su sirviente, una vez despojado del boato que lo validaba, parecía no solo gratuita, sino también muy incómoda dentro del departamentito de Portobello. La pregunta era, lo reconozco, una provocación y Crispín, que nunca perdía detalle de lo que se hablaba, desatendió las cabezas de pescado que hervía en la cocina para dedicarme una mirada reprobatoria, y otra admonitoria a Su Alteza, para que se fijara bien en lo que estaba a punto de decirme y que era, por cierto, de una normalidad nada interesante. Resulta que Crispín, además de hacerse cargo de la cocina y la intendencia del departamentito, obligaciones que liquidaba en veinte minutos, trabajaba medio tiempo en Faraway, la tienda de piezas étnicas de la que el príncipe había sido cliente notable unos años antes y, mes con mes, gracias a su rigor pero también a su conveniente aspecto físico, fueron aumentándole sus responsabilidades y su exiguo sueldo, hasta que un buen día, dos años más tarde, le ofrecieron ser gerente, un puesto, y un honor, que Crispín no pudo aceptar porque se interponía con sus labores de cocina e intendencia. «Cercené la meteórica carrera de Crispín en Inglaterra, cosa que hasta la fecha no deja de recriminarme», dijo Su Alteza mirando con sorna a Crispín, y este, una vez que comprobó que yo había recibido la información completa, regresó a la cazuela donde hervían las cabezas de pescado y detectó, en la ebullición febril del caldo, una brutal alegoría de su historia en Londres, una burbuja aceitosa que crecía, y crecía, y como no reventaba, tuvo que pincharla con la punta de un cuchillo.

Durante su estancia en Inglaterra, que duró unos cuantos años, el príncipe llevó, como digo, una existencia normal de profesor universitario, si se descuenta su papel de Gran Maestre del Capítulo Ibérico, que era, según como se mire, una auténtica rareza, imprescindible para contrapesar sus conflictos legales. Durante esos años, según me confesó cuatro décadas después, nunca dejó de contemplar la posibilidad de regresar a España, de recuperar su palacete, restablecer sus relaciones sociales y reflotar su Soberana Orden, sobre todo a finales de 1975, cuando ya había muerto Franco y él suponía que habría cambios que podían favorecerlo.

Con esa idea hizo un viaje a España unos meses más tarde, en abril de 1976, y lo hizo convencido de que su exilio inglés habría bastado para normalizar su relación con el país. ¿En qué se basaba Su Alteza para tener ese convencimiento? Seguramente en nada específico, fuera de las ganas tremendas que tenía de regresar a su vida de príncipe de la nobleza azteca. Pero llegando a Barcelona se dio cuenta, desde las primeras llamadas telefónicas que hizo para concertar citas, de que su caso tenía todavía una pérfida vigencia que le impedía, y le impediría durante el resto de su vida, promover su resurrección. Durante una semana completa, desde su habitación de hotel, mientras Crispín visitaba a los suyos en el Sacromonte, trató de reintegrarse a esa sociedad que lo había idolatrado y luego rechazado y, según lo que iba percibiendo, lo estaba volviendo a rechazar. Sin embargo consiguió verse con unos cuantos colegas que acudían más bien por morbo, o porque les invitara un par de tragos en el bar del hotel, y alguna que otra señorita que seguía buscando un hombre con futuro, y que iba a asomarse a ver qué tanto prometía la nueva etapa de Kiko Grau. En ese viaje comprendió que su caso era muy serio, y hasta ese momento indeleble, y que la muerte del dictador era irrelevante para su proyecto de resurrección, porque a su entuerto legal podía dársele la vuelta, pero su defunción social tenía facha de ser definitiva. Antes de convencerse de esta verdad que no había sido capaz de calcular, cuando todavía marcaba teléfonos compulsivamente desde su habitación de hotel con la esperanza de reinsertarse en la burguesía barcelonesa, cometió la insensatez de llamar a don Ramón Mas, el director del banco, para calibrar si, habiendo pasado el tiempo, era posible contar con él para recuperar su palacete, y lo que pasó fue que volvió a llevarse un chasco.

Crispín, por su parte, regresó de su reencuentro familiar en el Sacromonte devastado y deprimido, a causa de los horribles confines a los que había llegado la dinastía del éxodo de Toloríu. «¿Y qué fue lo que pasó en aquel viaje?», le pregunté a Crispín, que lavaba empeñosamente una olla, con los oídos bien puestos en la conversación que sostenía con su patrón, y desde ahí me contó, sin cerrar la llave del agua, ni evitar el clan-clan que hacía el cacharro cada vez que pegaba contra el lavadero, que en el Sacromonte no había encontrado ni una brizna de mexicanidad, ni un filamento de aquel glorioso séquito que había servido a Xipaguazin, ni un gramo de mística azteca ni de dignidad imperial, que todo lo que había visto era una tribu de gitanos que trapicheaban con hachís y heroína, y añadió que su primo Rufus, si no hubiera caído en la cárcel por el fraude que había perpetrado, habría caído por tráfico de drogas, y que él mismo, si no hubiera estado «bajo la égida de Su Alteza Imperial», también habría terminado encerrado en la prisión. «¿Visitaste a Rufus en aquel viaje?», le pregunté para completar el episodio, y Crispín, luego de cerrar la llave y colocar ruidosamente la olla para que escurriera, me dijo que de ninguna manera, que quien traicionaba a Su Alteza lo traicionaba a él mismo, y que Rufus era un representante indigno de la raza azteca y que, por él, podía pudrirse en la prisión. «¿Quieres decir que no lo has vuelto a ver nunca, que nunca lo has ido a visitar?», pregunté asombrado por la rudeza desmedida de Crispín; «eso quiero decir exactamente», dijo, y luego me pidió que me fuera porque Su Alteza, aunque parecía muy animado y platicador, tenía que irse a la cama, porque si lo hacía más tarde se le pasaba la hora y luego le era imposible conciliar el sueño. La petición hizo reír al príncipe, pero no dijo nada, quizá porque efectivamente debía irse a la cama como acababa de decírselo Crispín; tantos años juntos, tantas y tan tremendas experiencias, lo mismo en la gloria que en la ruina, los habían convertido en una especie de matrimonio, de esos que se entienden con un solo gesto, o todavía mejor, por la ausencia de ese gesto.

Aquella noche salí de palacio tratando de aislar esa partícula misteriosa que es capaz de mantener durante décadas unida a una pareja, a la combinación única de dos personas que, combinadas en una proporción distinta, si uno mandara más y el otro resistiera menos, por ejemplo, no podrían haber durado tanto tiempo. Iba caminando a grandes zancadas por la periferia de Motzorongo, abriéndome paso en ese paraje selvático salpicado de casuchas donde vivía Su Alteza, sorteando montones de basura en la oscuridad, e ignorando las miradas, y los comentarios salaces, de un grupo de facinerosos descamisados que bebían guarapo. También iba pensando en la pregunta que no quería de ninguna forma responder el príncipe, una pregunta importante para tener una visión integral de esta historia, pues se trata de un dato que situaría a la Orden de la Corona Azteca en su justa dimensión; un dato con el que no había podido dar porque, a causa de la opacidad y la truculencia de la Hacienda de la era franquista, en el archivo legal de Su Alteza no aparecen nunca cantidades, las hojas donde aparecían fueron extirpadas, y nunca se sabe de cuánto dinero se estaba hablando. Cuando pregunté por esta anomalía al responsable del archivo del Ayuntamiento de Barcelona, me dijo que en los casos donde había mucho dinero involucrado era común que no apareciera una cantidad específica, para que la administración pudiera tener un mayor margen de movimiento en el destino, siempre opaco, que se le daba a ese capital. ¿Cuáles eran las profundidades económicas de la Soberana e Imperial Orden? ¿Cuál era el monto del fraude fiscal que detectó la Hacienda de Franco? Y, sobre todo, y esta pregunta tampoco la quería responder Su Alteza, ¿qué cantidad había en esa cuenta que tenía abierta en Londres? La pregunta era del todo pertinente porque yo ya había hecho números, había averiguado cuánto gana un profesor de su condición en Oxford y cuánto cuesta un departamento de alquiler en Londres, en la zona de Portobello, y después de esta investigación muy básica, y descontando los años que habían pasado desde entonces, me había quedado claro que Su Alteza, para poder vivir ahí durante ese periodo, debía haber dispuesto de una importante cantidad de dinero para ir cubriendo, durante todo ese tiempo, el faltante de cada mes, y que además debía haberle alcanzado para la etapa siguiente, que sería todavía más larga, tan larga como lo que le quedaba de vida. Porque por ser el Gran Maestre del Capítulo Ibérico de los Templarios no percibía ningún salario, se trataba de un cargo honorífico, ni tampoco, fuera de los dos años que trabajó Crispín en la tienda Faraway, tenía otros ingresos, solo contaba con lo que percibía como profesor, así que yo sospechaba, sospecho todavía, que la cantidad que tenía en Londres era verdaderamente importante. Pero él no quería decir nada al respecto, y a pesar del insondable aislamiento en el que vivía en Motzorongo, temía que el día que yo publicara esta historia, si aparecía esa cantidad que finalmente logró escatimarle a Hacienda, iba a ir un inspector español a pedirle cuentas, lo cual, bien mirado, además de ser una alucinación senil de Su Alteza, era un halago para mí, porque suponía que esta historia que iba yo desenterrando, como si se tratara de un tesoro, iba a interesarle a alguien, y también era un halago para la Hacienda española, porque Su Alteza se pensaba que los inspectores leen libros, además de las facturas, contratos y legajos que están obligados a leer. De cualquier forma, con todo y que el temor de Su Alteza tenía poco fundamento, aquella noche decidí que mi deber era respetarlo, que la cantidad hubiera sido un dato formidable para aderezar mi historia, pero que, en realidad, basta con decir que, con una logística y una constancia dignas de un estratega, y escudado en su figura de niño mimado y borracho, fue sacando cantidades irrastreables de dinero, en la previsión de que, algún día, podía venirse todo abajo. Llegaba a esta conclusión aquella noche, saliendo de palacio mientras sorteaba en la oscuridad matojos, ramas, vástagos, montones de basura y de hojarasca, y esquivaba las hirientes pullas de los facinerosos descamisados que bebían mortal guarapo.

En fin, que de su vida en Londres hay pocas cosas que consignar; hay una rutina firmemente establecida y de la intimidad, de esa vida doméstica donde descansaban las claves de esa ambigua relación, con Crispín no había manera de saber nada más allá de la evidente dinámica de príncipe-escudero, patrón-sirviente, ¿amo-esclavo?, y nada más.

Llegó un momento en que el príncipe se hartó de Londres, de su bruma permanente y de su lluvia pertinaz, pero también de su rutina de profesor y de sus reuniones de funcionario de los templarios ingleses, y sobre todo se hartó de llevar una vida normal siendo un Moctezuma; siendo el heredero de un glorioso imperio de ultramar no tenía por qué desempeñar un oficio ratonil como el de profesor de universidad, ni por qué vivir una vida fosca y rinconera en su departamentito de Portobello, si él había crecido en el espacioso palacete de Pedralbes, con su gran jardín soleado y con la servidumbre en sus propias habitaciones, no ahí al lado, casi encima, como estaba todo el tiempo Crispín. Un día decidió que no soportaba más esa vida, que si tenía el privilegio de ser el heredero del imperio azteca era para disfrutarlo, para usufructuarlo, y después de un breve sondeo y de unas cuantas llamadas telefónicas a los pares mexicanos de los templarios ingleses, que se autodenominaban los Caballeros del Copal, Su Alteza decidió que, como su resurrección española era un asunto imposible, probaría el renacimiento en México.

*Finale con cappa di piume*

El 4 de septiembre de 1976, a las 18.15 horas, llegó Su Alteza Imperial a la Ciudad de México, en el vuelo BR711 de British Caledonian, que provenía de Londres. Conozco el dato con tanta precisión porque el príncipe conservaba el pasaje, que había comprado con regreso abierto por si algo se complicaba, y treinta y seis años después seguía ahí, intacto, como la prueba de que ni él ni Crispín habían querido regresar.

Aunque Su Alteza sostenía que en realidad no habían podido, y que de haber sabido lo que le esperaba, él se hubiera regresado en el siguiente vuelo, porque era probable que en España, con todo y su defunción social, «le hubiera ido menos peor».

Brahamante Mijilote y Agustín Buitrago Cuazontle, la plana mayor de los Caballeros del Copal, se quedaron mudos cuando vieron que el hombre de gafas oscuras y capa de plumas de colores que acaparaba todas las miradas era el mismo Federico Grau, Gran Maestre Templario, al que estaban esperando.

Su Alteza había sacado la capa de la maleta y se la había puesto, con la ayuda nerviosa de Crispín, para presentarse, debidamente caracterizado, ante sus pares mexicanos, y al ver el letrero que sujetaban Brahamante y Agustín, donde ponía su nom-

bre civil, sin título nobiliario y sin el glorioso Moctezuma, había sufrido un descalabro anímico que
se tradujo en un súbito *jet lag*, agravado por la resaca que le habían dejado las copas de cortesía que
ofrecía la aerolínea durante el vuelo.

«¿Te sientes bien, Federico?», preguntó Brahamante Mijilote, tuteando a Su Alteza, mientras le
quitaba la maleta de las manos porque lo había
visto verdoso y descompuesto. A partir de entonces todo fue «cuesta abajo», aunque la impresión
de Crispín era que todo «iba sobre ruedas», porque Brahamante y Agustín los trataban con mucha
amabilidad y, como sentían veneración por los
templarios, y Su Alteza era un Gran Maestre, se hacían cargo de todas sus necesidades. Pero para el
príncipe no era tan importante que se hicieran cargo de su alojamiento y manutención, lo que él de
verdad deseaba, después de esos años de abstinen-
cia que había pasado en Londres, era que se le tratara como el heredero del emperador Moctezuma
y la princesa Xipaguazin, «¿o es que ser heredero
del emperador no es importante en este país?», cuenta Crispín que preguntó Su Alteza resentido, cada
vez más desconcertado cuando, después de instalar-
los en la trastienda de una librería de textos prehispánicos, le avisaron que para el día siguiente le tenían
preparada una fiesta de bienvenida los Caballeros
del Copal, y que a la pregunta específica, aunque
muy oblicua, de Su Alteza, Brahamante y Agustín
se voltearon a ver con una mirada en la que Crispín
identificó una buena dosis de sorna, y en cambio el
príncipe vio desconcierto, culpabilidad y pesadum-
bre.

Desde esos primeros momentos las cosas parecían tan torcidas que Su Alteza impidió a Crispín abrir la caja donde venía embalada una parte representativa de la vajilla imperial, unos platos, unas cuantas copas y cubiertos con la M de Moctezuma; la mayor parte se había quedado en una bodega en Barcelona, esperando a que el príncipe se asentara en su nuevo destino. Crispín se desconcertó con aquella decisión; la falta de vajilla restaba boato a su quehacer, lo despojaba de su fondo noble y a él lo dejaba al nivel del simple criado, así que para matizar la incomodidad que le producía comer en platos vulgares, se puso la librea que señalaba todo el tiempo su rango y posición. «Comer en los platos de ellos era como comer desnudos», puntualizó Crispín desde su rincón en la cocina del bohío cuando Su Alteza me contaba ese episodio, muy compungido y con la cara descompuesta y el bigote caído por el reconcomio que todavía, casi cuarenta años después, aleteaba en su interior.

Los Caballeros del Copal eran tan aburridos como los templarios ingleses, la fiesta no tuvo nada de festiva, y el intercambio entre logias fue del todo insustancial, o eso le pareció a Su Alteza, que miraba con escepticismo los humeantes incensarios y oía sin ninguna convicción los parlamentos, muchos de ellos en náhuatl, que decían sus pares mexicanos.

Resultaba curioso, y así se lo hice saber, que al príncipe le parecieran falsos los humeantes incensarios que encontró en México, y no se lo parecieran las humaredas de incienso mexicano que implementaba Crispín en Barcelona, y en cuanto le hice ver la contradicción se enfadó mucho y me dijo que no le gustaba dar tantas explicaciones, y que si tenía problemas para entender su historia tendría que resolverlos yo mismo.

Mientras Su Alteza se iba hundiendo en una preocupante depresión, Crispín veía todo con asombro y entusiasmo, participaba gustoso en los rituales y en los bailables que hacían los Caballeros del Copal, y oía con atención los haikús oraculares que murmuraba el señor Tepehuiztle, un viejecito enjuto, de más de cien años de edad, que vivía en una camita al fondo de la librería y era protegido y admirado por los Caballeros, que lo consideraban el último de los mexicanos auténticos, de raza pura e impoluta, y precisamente ahí, en lo impoluto de la raza del señor Tepehuiztle, se encontró Su Alteza con la segunda sorpresa del viaje, pues ser de raza pura quería decir que ningún antepasado del señor había tenido nunca una gota de sangre española y Su Alteza, por más que perteneciera a la nobleza azteca, en México era tan español como Hernán Cortés, de hecho ni Brahamante ni Agustín, ni ninguno de los Caballeros que eran sus anfitriones, entendían muy bien eso de que Federico Grau, Gran Maestre del Capítulo Ibérico de la Orden del Temple, fuera simultáneamente heredero del emperador Moctezuma y la princesa Xipaguazin, «¿la princesa qué?», preguntaban sus anfitriones cada vez que Su Alteza mencionaba a su ilustre parienta.

Quince días más tarde Brahamante Mijilote, preocupado por la salud mental del Gran Maestre español, que no hacía más que deambular por el barrio o por los pasillos de la librería, localizó a dos herederos de Moctezuma que vivían por ahí cerca y que estaban dispuestos a recibir a su pariente de Barcelona.

Los primeros quince días en México habían bastado para llevar a Su Alteza a la bancarrota sentimental y a pasear su tristeza por las cantinas del barrio, sitios de mala muerte que nada tenían que ver con las sofisticadas barras de las que era cliente en Barcelona, ya no digamos en Londres. Gracias a aquella debacle, Su Alteza comenzaba a sospechar, de la peor manera posible, o sea en carne propia, que la ruina social en su país era preferible a la insignificancia que padecía en México. Las cosas pintaban mal, pero todavía no tanto como para darse la media vuelta e irse, porque en el fondo tenía la esperanza de que todo cambiaría radicalmente en el momento en que entrara en contacto con sus parientes Moctezuma; no podía creer que en el país del imperio azteca su apellido no tuviera el peso suficiente para levantar nuevamente su Soberana e Imperial Orden. ¿Por qué no?, se preguntaba entre copa y copa Su Alteza, sentado en una silla dura y coja, frente a una mesa descascarada y pegajosa, en la cantina Los Paseos de Santa Anita, donde era visto como un gachupín borracho, como un españolete lleno de ínfulas, como un odioso conquistador y no como el heredero del emperador Moctezuma y de la princesa Xipaguazin. «¿Xipaqué?», le preguntaban los borrachines que se le acercaban a hacerle conversación, a burlarse de él, a ver si se distraía o se embriagaba lo suficiente para quitarle el dinero, o el reloj, o los elegantes mocasines con los que andaba por esos andurriales; «¡Más respeto, que soy un príncipe!», gritaba Su Alteza cuando las burlas eran ya muy estridentes, y lo único que lograba eran más burlas, más risas, más hirientes carcajadas.

La ligereza con que se tomaban los mexicanos la realeza azteca era una posibilidad que no había calculado; se había visto mil veces en su imaginación durante las últimas noches, lluviosas e insomnes, que había pasado en Portobello, y luego copa tras copa en el largo vuelo de British Caledonian, y siempre se había visto triunfando, recuperando su estatus de noble azteca y rehaciendo su vida principesca, y aquel error de cálculo, aquella ingenuidad era un dolor que se sumaba a la insignificancia que ahí tenía su linaje, y al maltrato ininterrumpido que se le dispensaba en la cantina, un dolor espiritual que menguó cuando por fin llegó el día de conocer a sus primos Moctezuma, aquel evento en el que Su Alteza, a pesar del desánimo que lo impulsaba a beber descontroladamente, veía la posibilidad de un parteaguas, de un punto de inflexión que lo impulsara otra vez hacia las alturas de su Soberana e Imperial Orden.

Tenía treinta y ocho años de edad y todavía se sentía con fuerza para reconstruir al príncipe que había sido, con energía suficiente para escapar de esa peligrosa espiral de bebidas aleatorias que lo llevaban del pulque y del tequila que bebía en Los Paseos de Santa Anita al licor de nanche y de membrillo que le obsequiaban los Caballeros del Copal. Por perder, Su Alteza había perdido hasta el orden en sus borracheras, el whisky que bebía en Barcelona, ya no digamos en Londres, no existía ni en la cantina, ni en la alacena de la librería, ni siquiera en la tienda de ultramarinos existía su whisky predilecto, ni ningún otro whisky, «pero ¿cómo podéis vivir sin whisky?», gritaba desesperado el príncipe a un asombrado Brahamante Mijilote, que unos días después de hacer de anfitrión se había puesto, con mucha intensidad y hasta desesperación, a buscar algún Moctezuma que se hiciera cargo del primo español, porque esos pocos días les habían bastado, a él y a los Caballeros del Copal, para ver que con ese señor no habría el fructífero intercambio entre logias que esperaban, y ya empezaban a cansarse de sus ínfulas de nobleza y de su delirante filiación con el pueblo azteca, de manera que la cita con los Moctezuma se la habían conseguido no como una deferencia a su glorioso linaje sino porque, para decirlo con las palabras que utilizó Crispín, «ya no aguantaban la lata que daba el borracho», y por otra parte, siguió contando Crispín en una de esas ocasiones en que Su Alteza iba al baño y permanecía dentro una angustiosa cantidad de minutos, la víspera de la reunión con los primos Moctezuma, Crispín había oído cómo el señor Tepehuiztle, desde su camita en el fondo de la librería, le decía a Su Alteza, que se había quedado traspuesto en el suelo, «pinche lagartija mamona», había expresado el señor Tepehuiztle, y luego había cerrado los ojos y se había quedado dormido. Crispín entendió, a partir de la misteriosa frase del señor Tepehuiztle, que era imperativo llevarse a Su Alteza de ahí, así que a la mañana siguiente, cuando el príncipe despertó con una dolorosa resaca, le ofreció café bautizado con un amoroso chorro de licor de nanche, y apoyó con entusiasmo la comida de los primos Moctezuma, evento del que hasta entonces desconfiaba pero, después de las palabras del señor Tepehuiztle, había visto con toda claridad que, si se hundía su príncipe, se lo llevaba con él al fondo del abismo, y que la única forma de evitar aquello era reflotando la vena imperial de su patrón.

Así como era preferible mantener embalada la vajilla, Su Alteza pensó que lo mejor era dejar la capa de plumas en la maleta, y no presentarse con ella a la comida como había pensado. Las amargas experiencias que había tenido las últimas dos semanas lo invitaban a ser discreto y prudente, así que eligió un traje claro y una camisa con un pequeño monograma de su Soberana Orden que consonaba con la librea que, lleno de orgullo, llevaba el factótum.

La casa de los primos Moctezuma, según Brahamante Mijilote, quedaba a una distancia que podían recorrer andando, pero al pasar de las manzanas y las bocacalles decidieron tomar un taxi porque las aceras del barrio tenían peligrosos desniveles, mortales socavones y grandes superficies de agua pútrida o fango, y además cada dos por tres los acosaban los perros callejeros y aquel ambiente hostil se contraponía con el proyecto de ir a comer elegantemente vestidos con los primos.

El taxi los dejó en el portón que le habían indicado y Su Alteza, que como mínimo esperaba un palacete como el que había tenido en Barcelona, le pidió al chofer que rectificara, que se asegurara de que esa era la calle que le habían indicado, pero mientras tanto ya Crispín se había bajado y había encontrado que debajo del timbre estaba el nombre de Abraham P. Moctezuma, y eso acabó con la duda del príncipe y en su lugar surgió una angustia asfixiante, un auténtico miedo ante lo desconocido.

El portón de lámina negra se abrió con un quejido descomunal y ante ellos quedó un patio con una mesa larga y enfrente de ella, como un capitán en la proa de su barco, el hombre que respondía al nombre del timbre, el primo Abraham Moctezuma, que abría los brazos con la intención de fundirse fraternalmente con su primo español. Alrededor de él pululaba una prole de niños y perros, y en la mesa sentados, o de pie frente a su silla, esperaba el resto de los comensales, mirando todos hacia el portón donde estaban petrificados Su Alteza y su factótum. «¿Estás seguro de que es aquí?», preguntó retóricamente el príncipe, pero ya su pariente, desde la proa de su barco familiar, le gritaba «bienvenido a México, primo».

Sin dejar de sonreír, pero lleno de melancolía, Su Alteza me dijo, mientras apoyaba la copa de vino sobre la melena labrada del león, que en ese preciso momento, en el instante en que vio por primera vez a su primo y a su prole, comprendió que estaba acabado, que a sus treinta y ocho años, luego de media vida de lujo, nobleza y esplendor, lo que le esperaba era una progresiva, deprimente y tormentosa decadencia. En el instante en que entendió que ese hombre que le daba la bienvenida, y que no vivía en un palacio sino en una casa humilde, era su primo, decidió que al día siguiente regresaría a Londres, o a España, que ni México ni los Moctezuma eran lo que se había imaginado y que era hora de volver a Europa, pero, por alguna razón, «por una razón inexplicable», me dijo el príncipe mientras agitaba su copa para que se la rellenara Crispín, «no regresamos, podíamos haberlo hecho porque me quedaba todavía dinero pero no lo hicimos. El regreso a Barcelona era complicado, pero podíamos habernos ido a Sevilla, o a La Coruña, o a algún sitio donde no fuera yo tan conocido, o incluso a Londres, pero no lo hicimos, simplemente no lo hicimos», me dijo Su Alteza apesadumbrado, demolido por aquel recuerdo, y a mí me dio tanta pena que me despedí y me fui, pensando en todo lo que significaba «no lo hicimos», la parálisis frente a un error de cálculo, aunque ese error se convertiría muy pronto en su resurrección, y lo llevaría a vivir casi cuatro décadas en Motzorongo, casi la misma cantidad de años que tenía cuando su primo, aquella tarde fatídica, le había dicho bienvenido y lo había abrazado, como si en lugar de no conocerse llevaran años sin verse, y luego le había presentado a su padre, a sus hermanos, a sus hijos y a sus sobrinos, y le había puesto un tequila en la mano y, unos tragos más tarde, ya Su Alteza contaba, en el lugar prominente de aquella mesa larga y bamboleante cubierta con un mantel de plástico, de dónde le venía a él lo Moctezuma, y sus primos lo miraban asombrados, como si les estuviera hablando de los Kennedy y no de su propia familia, y le preguntaban cosas, detalles, fechas, «¿Xipaguaqué?», le preguntaban a Su Alteza mientras él iba comprendiendo, poco a poco, que su Moctezuma no tenía nada que ver con el Moctezuma de ellos, y en aquel reencuentro que, a medida que entraba la noche, comenzó a volverse borrascoso, sus primos le contaron, porque lo veían perdido y sin ninguna posibilidad de orientarse, del alcalde de un pueblo veracruzano que era devoto de la hija de Moctezuma, que había pasado por ahí en mil quinientos y tantos y que, probablemente, sería la Xipaguazin a la que él con tanta vehemencia había mencionado, y además se ofrecieron a recomendarlo con el alcalde porque ya en alguna ocasión habían estado ellos, como familiares del emperador, en las fiestas de Motzorongo y estaban seguros de que apreciaría mucho la presencia de un auténtico descendiente de la hija de Moctezuma, y luego la conversación se desvió por otros temas, más íntimos, más desgarradores, el príncipe contó de sus decepciones y de su creciente desasosiego, y ellos trataron de confortarlo, de hacerle ver que ahí tenía una familia, que podía dejar a los Caballeros del Copal y mudarse a la casa de los Moctezuma, y luego terminaron la reunión comiendo dulces de coco y café con Bacardí, mientras veían en la televisión el combate de box que se transmitía en directo desde la Arena Coliseo. «José *Pipino* Cuevas contra Porfirio *el Baby* Zavala», apuntó Crispín desde su rincón en la cocina cuando Su Alteza me contaba de aquella comida determinante y borrascosa. «¿Y cómo es que te acuerdas de ese dato?», pregunté impresionado por la memoria de Crispín. «No lo sé, datos inútiles que se le van quedando a uno.»

El licenciado Constantino Guzmán, alcalde de Motzorongo, Veracruz, recibió a Su Alteza Imperial con un bombo al que ya se había desacostumbrado, y pensaba que nunca más volvería a experimentar. Sostuvieron una larga conversación en el Palacio Municipal y después, en el momento del aperitivo, con aguardiente de caña y marimbas y jaranas regionales, luego de saludar y de recibir la admiración y los parabienes de las autoridades locales,

el licenciado Guzmán llevó al príncipe ante el mural *El secuestro de la hija de Moctezuma,* obra del
insigne pintor Marco Tulio de la Concha, que, además de ser el artista por excelencia de Motzorongo, había sido brazo derecho, y esto era tanto como
decir el trazo, del maestro Diego Rivera, y ahí frente al mural el mismo pintor De la Concha, que acababa de ser presentado a Su Alteza, explicó la narrati-
va de su obra, nombrando a Xipaguazin con todas
sus letras, y, de manera seguramente involuntaria,
a medida que explicaba iba también reordenando la
cosmogonía de ese hombre que venía de España y
que estaba íntima e indisolublemente ligado a los
personajes de su pintura, y cada vez que De la Concha hacía referencia a la hija de Moctezuma, o a don
Juan de Grau, barón de Toloríu, miraba con devoción a Su Alteza, y lo mismo hacían el alcalde y las
personas que los rodeaban, porque no podían creer
que ese hombre llegado de ultramar fuera el heredero directo, el producto de los dos personajes antagó-
nicos de la famosa pintura, y aquella admiración
súbita e inesperada situó inmediatamente al príncipe en una nueva dimensión, a las puertas de su renacimiento, que, hasta antes de su llegada a Motzorongo, le parecía imposible, y poco a poco, mientras
oía la explicación del pintor De la Concha, fue que-
dándole claro que, por extravagante que pareciera,
el único lugar donde podía recuperar su nobleza,
donde podía reconvertirse en el príncipe que había
sido, era ahí mismo, en Motzorongo, Veracruz, el
único rincón del mundo, fuera de Toloríu, donde
sus dos ancestros históricos tenían presencia en la
vida cotidiana del pueblo, y donde apellidarse Grau

Moctezuma tenía una importancia, digamos, fundacional. Y lo mismo, a su nivel de factótum, por supuesto, le sucedía a Crispín; cada vez que el pintor hacía referencia al séquito que había acompañado a la princesa a Europa, lo miraba con la devoción que merecía el hijo de ese contingente que había sobrevivido, durante casi cinco siglos, en España.

Lo que pasó aquel día, el 3 de octubre de 1976, según consta en el archivo del Palacio Municipal de Motzorongo, parece un acto de magia, «un milagro» que decía Su Alteza cuando hablaba del momento de su resurrección, refiriéndose a la cantidad de casualidades que se habían ido sucediendo hasta desembocar en ese punto, lo que es, sin duda, cierto, pero a mí lo que de verdad me asombró cuando oí, y después comprobé en el archivo esta historia, fue la forma en que el arte conspiró para llegar a ese momento, el arte de la narración oral, de la historia contada y recontada que fue pasando de boca en boca y de generación en generación, hasta que llegó al corazón de ese pintor que había ofrecido sus mejores años, su etapa de mayor lucidez, a Diego Rivera, y que luego se había dedicado a lo suyo, a una vasta obra que palidece cuando se compara con el mural *El secuestro de la hija de Moctezuma,* que terminó siendo, desde mi muy personal punto de vista, su obra capital.

A mí ese me parece el verdadero milagro, el arte de todo un pueblo que va modelando, durante siglos, una obra cuyos personajes aparecen, en ese mismo pueblo, medio milenio después. Esa pregunta, muchas veces reiterada, que le hice a Su Alteza sobre las razones que tuvo para no regresar nunca a España, se acabó en cuanto me contó esta historia, me quedó muy claro que su sitio estaba ahí, en Motzorongo, y luego he pensado que aquella indecisión en la Ciudad de México, aquella parálisis, aquel «no pudimos irnos» a pesar del insoportable desengaño, estaba conectada con lo que venía, con su presentida, e inminente, resurrección. Una resurrección a pequeña escala, en un marco mucho más modesto, donde su personaje adquirió profundidad, y mucha más hondura.

Cuando el pintor De la Concha terminó su explicación todos los miraban asombrados, mientras Su Alteza cerraba un círculo, comprendía de golpe el significado de su existencia, la última punta de la saga entraba en contacto con su primera manifestación y supongo, esto nunca me lo dijo pero lo he pensado yo, que a sus treinta y ocho años supo, con una claridad nunca antes experimentada, que había llegado ahí para quedarse, y que irse de ahí carecía de sentido y además, y esto también es una idea mía, que toda su vida anterior, toda la suntuosidad y la fanfarria que lo habían arropado en Barcelona y en Madrid, perdía peso frente a lo que empezaba a experimentar ante el mural del Palacio Municipal de Motzorongo, y que era, por decirlo de manera simple, la auténtica nobleza, esa pulsión verdadera que empezó a bullir dentro de él, y de Crispín, cuando el pintor De la Concha terminaba su docta y muy sentida explicación.

Y a partir de ese día Su Alteza se convirtió en el noble del pueblo, en el hombre que presidía las fiestas populares, los acontecimientos solemnes y los sucesivos cambios de gobierno, de distinto signo político, que, a pesar de sus diferencias ideológicas y de programa, siguieron respetándole los privilegios que le había otorgado, en 1976, el licenciado Constantino Guzmán y que, según como se miren, eran una tontería o un escándalo: Su Alteza y Crispín, a cambio del servicio simbólico que prestaban al pueblo, «el abolengo del que dotaban a Motzorongo», dice textualmente un documento, vivieron de 1976 al año 2001 en una casona histórica del centro que era propiedad del Ayuntamiento. Ya sin Soberana e Imperial Orden, ni más boato que aquel que emanaba de sí mismo, el príncipe hizo vida palaciega a expensas del erario público, mandó traer de España su vajilla completa y sus mejores galas y, durante veinticinco años, recuperó al príncipe que había sido. En esas dos décadas y media ofreció cenas rumbosas que no se habían visto nunca en Motzorongo, o saraos con baile y música de jaraneros, y cuando se sentía estupendo, y el calor asfixiante de la selva remitía un poco, recibía con esa misma capa de plumas que lo había hecho célebre en Barcelona y en Madrid. De vez en cuando el príncipe, para salpimentar su acentuado postín, se corría unas «juergas tremebundas», según su factótum, con el pintor De la Concha, que lo admiró profundamente hasta el año de 1999, cuando, liquidado por una cirrosis irredenta, le tocó abandonar Motzorongo y este mundo.

En el año 2001 el gobierno cambió de signo, ahora hacia una tercera opción, el PRD, que no veía a Su Alteza con la benevolencia con que lo hacían el PRI y el PAN, y que encontró su vida palaciega, en aquel trópico salvaje, obscena, ridícula y fuera de lugar. De un día para otro lo echaron de la nómina de la alcaldía y de la casona del centro e inmediatamente después inauguraron, en el inmueble recién desalojado, el Museo de las Culturas Populares de Motzorongo. También redactaron un extenso y detallado informe donde daban cuenta del dinero que se había gastado el pueblo en el «noble español», que es el documento con el que he terminado de redondear la historia que me fueron contando, durante meses, Su Alteza y Crispín, en ese raro periodo de mi vida en el que la ociosidad de la jubilación me llevó a buscar el tesoro de Moctezuma, y este me lanzó hacia la historia que voy contando aquí, y me hizo subirme a un avión y luego instalarme durante siete meses en el selvático Motzorongo, en una aventura contradictoria de la que me arrepentía todos los días pero también, y quizá con mayor intensidad, me sentía satisfecho de estar haciendo algo útil con mi jubilación, si es que sacar a la luz a un personaje como Su Alteza tiene alguna utilidad. Con ese ánimo que al final, como digo, tenía mayor intensidad que el desánimo, fui oyendo y registrando la narración de ese príncipe accidental que se había topado, en un momento decisivo de su vida, con un linaje que ni se imaginaba que tenía.

En una de aquellas sesiones, que fueron más de cien según mis notas, me dijo, visiblemente ofendido, con el bigote alicaído y mustio, y rala la greña que solía explotarle detrás de la cabeza, que aquello de que había vivido veinticinco años a expensas del dinero público era una exageración, que el gobierno le había dado la casa pero que todo lo demás se lo había pagado él, las cenas, los saraos con jaraneros y las guarapetas con el pintor De la Concha. «¿Y con qué dinero?», le pregunté yo entonces, y él me respondió que con el que había logrado conservar y luego no dijo nada más, se quedó con su copa vacía en la mano, puesta en un ángulo que hacía brillar violentamente la M de Moctezuma, y los ojos puestos en la entrada del bohío, porque en ese momento asomaba la cabeza una bestia que a mí me pareció un búfalo arisco, pero que resultó ser un apacible cebú. También me contó que después de que los echaran de la casona del centro, habían ido decayendo de casa en casa hasta que se le acabó totalmente el dinero, el poco que le sobraba y el que habían obtenido de la venta de algunos muebles, ropajes, artilugios y vajillas. De hecho yo, en el hotel donde me hospedaba, había visto alguna vez, en la cena o durante el desayuno, piezas de vajilla con la M de Moctezuma, y copas donde los huéspedes se servían jugo de naranja o Coca-Cola.

En el año 2012, cuando fui a instalarme cerca de él, llevaban más de una década en caída libre y habían llegado a ese bohío de madera con techo de lámina donde Su Alteza finalmente moriría, a los setenta y cuatro años de edad, al parecer durante el sueño, porque Crispín, que dormía al lado, no se había dado cuenta hasta que amaneció y lo vio rígido, ausente y de color cenizo. Cuando llegué lo vi tendido en la cama y lo primero que pensé, mientras trataba de entender lo que esa muerte significaba para mí, fue que el príncipe ya no podría ver el libro que pensaba escribir con su historia. Crispín lo había vestido con su traje de gala, ese conjunto blanco que parecía un grito en aquel marco miserable, el mismo que llevaba puesto cuando, siete meses atrás, nos habíamos conocido. Su Alteza estaba con las manos piadosamente acomodadas en el pecho, así lo vi por última vez, brevemente porque enseguida llegaron dos hombres que lo metieron en un ataúd de madera y se lo llevaron cargando al cementerio. Detrás salimos Crispín y yo, acompañándolo en el último de sus viajes y, como suele suceder en los entierros desangelados, llovía, pero sin ganas, con una agüita apática que prometía no acabarse nunca.

Mientras caminábamos detrás de los dos hombres que llevaban el ataúd, tratando de no mancharnos de lodo los pantalones, le pregunté a Crispín si había avisado a alguien más, y me respondió que por decisión expresa del finado no habría más cortejo fúnebre que él y yo.

Vimos, quitándonos de cuando en cuando el agua que nos chorreaba por la cara, cómo esos hombres destapaban la fosa y bajaban el féretro con unos malacates y, antes de empezar con las paletadas de tierra, nos preguntaron si queríamos decir unas palabras. Crispín reaccionó inmediatamente, se quitó la librea del brazo y, sin decir nada, la tiró sobre el ataúd, que ya descansaba en el fondo de la fosa. Yo, por hacer algo y según recuerdo, me puse la mano en el corazón y dije «príncipe, entrañable príncipe...», y nada más salió de mi boca.

En la lápida que años antes, en épocas de bonanza y holgura económica, se había mandado él mismo hacer, decía, dice hasta hoy porque ahí sigue: «Aquí yace Su Alteza Imperial Federico de Grau Moctezuma, príncipe de la Soberana Orden de la Corona Azteca, Gran Maestre del Capítulo Ibérico de los Caballeros Templarios y Hombre Ilustre de Motzorongo, Veracruz. Descanse en paz».

Crispín y yo desanduvimos cabizbajos y empapados el camino. «¿Y qué vas a hacer ahora?», le pregunté en cuanto llegamos a la choza. Él me miró como si no me hubiera oído, o como si no quisiera contestarme, después hurgó debajo de la cama donde acababa de morir su patrón y sacó una enorme maleta y una carta. «Su Alteza quería que conservara usted esto», me dijo, y luego se despidió apresuradamente de mí, como si le urgiera quedarse solo. Yo sabía que nunca le había simpatizado y que el proyecto de hacer un libro sobre el príncipe no le hacía ninguna gracia, así que asumí que no volveríamos a vernos.

En cuanto llegué al hotel me sentí vacío, dejé la maleta encima de la cama y me serví un vaso de whisky. Me costaba admitir que la muerte de Su Alteza me había dejado muy triste. Lo que quedaba era abandonar Motzorongo y regresar a Barcelona y, si lograba juntar la energía y la paciencia suficientes, darles forma a todas las notas que había ido tomando hasta ese día. Abrí la carta y encontré una sola línea, escrita de su puño y letra: «He aquí una evidencia de ese príncipe que fui». Pensé que esa línea era la prueba de lo mucho que le importaba la historia que estaba a punto de escribir. Me senté en una silla enfrente de la cama y, después de un largo trago de whisky, traté de figurarme qué había en la maleta, qué era lo que había dejado Su Alteza para mí.

# Índice

*Ese príncipe que fui*, de Jordi Soler
se terminó de imprimir en febrero de 2015
en los talleres de Litográfica Ingramex, S.A. de C.V.
Centeno 162-1, Col. Granjas Esmeralda,
C.P. 09810, México, D.F.